致青春 084

靈魂決定我愛你

（03）

墨西柯　著

高寶書版集團

目錄
CONTENTS

第十七章　追尋

許童延在學校裡進行普通班考卷的考試。

黃主任雙手環胸看著他已經答完的題目，在童延休息的時候問：「這些天你有看過普通班的考卷嗎？」

「沒有。」

「雖然沒有，但是你的成績還是不能記入總成績的，只能利用這次考試測測看自己的真實水準。」

童延也知道，他自己私底下考試，黃主任監考，看似正規，但是還是說不過去。

因為考卷已經出很久了，普通班的學生來回對答案，要說童延完全沒看過肯定解釋不過去。

所以這次童延測測水準就可以了，他沒準備直接去普通班上課。

就像他答應許昕朵的，只有成績真的可以參加普通升學考，許昕朵才會放心讓他轉班。

在此之前，許昕朵都不會放心的。

正常考試要進行兩天，童延自己一個人考試，答題比較快，一天就結束全部考試。準備離開學校的時候已經晚上六點多了，當時黃主任在吃水果，還遞給童延幾個櫻桃。

童延順口問了一句：「預產期什麼時候？」

「還有三個月。」

「嗯，快休產假了吧？」

黃主任笑了笑回答：「其實現在也沒有什麼工作給我，監考你是我最近難得的工作。」

「我送妳回去？」

「不用了，我老公也在學校。」

黃主任的老公是校長，兩個人雖然有點年齡差，卻十分般配。

童延回到社區後，本來想直接讓司機開車去尹𡢃的別墅。想了想後還是先回自己的別墅，把COCO接上，一起去尹𡢃那裡。

在許昕朵來之前，他隔一段時間才會和尹𡢃見一面，現在跑得特別勤快，目的十分明顯。

結果到了之後許昕朵居然還沒回來。

他坐在客廳裡等了一陣子，又在院子外面遛狗。

遛狗的時候傳了一則訊息給許昕朵，得到的回覆是：『你先回去吧，我九點半才下課，十點多到家。』

童延看著手機有一瞬間的心疼。

明明可以不用這麼累的……

不過最後童延只傳了一則訊息給許昕朵：『好，我知道了，到家了傳訊息給我。』

之後童延想著，反正他也沒有什麼事情做，乾脆就遛狗回自己的別墅了。

♫

許昕朵十點多才到家，到家之後整理一下東西，便去廚房做餅乾。

尹嫿打著哈欠走下樓，手裡捧著熱水喝，坐在桌子旁看許昕朵忙碌，問道：「這麼晚了還做東西？」

尹嫿說話的時候總是不急不緩的，語氣柔和，模樣慵懶，像一隻華貴的貓咪。

「嗯，答應朋友做餅乾給他當答謝，邵清和，妳認識的。」

「妳和星娛簽約了？」

「嗯。」

尹嫿托著下巴說道：「嗯，星娛還算可以，極品事情不多。不過他們公司的模特兒方面不出名，我還是在妳要簽約的時候，才知道他們還有模特兒。」

「能有收入就不錯了。」

「我幫妳看看合約。」

許昕朵擦了擦手，將她帶回來的合約給尹嫿。

尹嫿看了看後覺得沒什麼問題，仔細研究許昕朵的時間表：「每週一、三、五晚上都要過去培訓，週六和週日會安排拍攝，妳這樣會很辛苦。這樣的話，我只能跟工作人員溝通，每週二、四晚上再幫妳做護理。」

「嗯，可以的，辛苦一點無所謂，哪能一點都不付出就有收入？」

尹嫿嘆氣說道：「我在妳這個年紀的時候，還是個千金小姐呢。不過上大學後家裡突然破產了，一個人靠著之前的一些人脈關係和我這張臉，愣頭青一樣地去混娛樂圈。當時真的是虎落平陽被犬欺，曾經需要巴結我的人，好多扭頭就變了一個人，那個時候我才懂得世態炎涼。」

「很辛苦吧？」許昕朵把做好的東西放進冰箱裡冷藏後問。

「嗯，算是吧，明明已經落魄成那樣了，我還要面子，那一身驕傲至今丟不下。我當時半工半讀，因為拖延了好幾年才畢業，還被爆了黑料。那些年真的很累，龍套開始的時候就是主角休息的時候，我去拍戲，主角覺得熱了冷了不拍了，我頂上。劇組合約上寫每天晚上十一點收工，結果經常拍攝到凌晨兩、三點。」

許昕朵突然沉默了。

想要自強不息，就要比其他人辛苦一些。

許昕朵和童延都聽說過一些事情。

傳聞裡尹嫿是靠臉嫁入童家的，看中的是童家的錢。童瑜凱也不愛尹嫿，只是覺得尹嫿漂亮而已，對尹嫿沒有多好。

因為那個時候他們已經忘記了，尹家也曾經是大戶人家，只是破產幾年後很快就被世人遺忘了。

所以傳聞錯怪尹嫿了嗎？

許昕朵問不出口，只是表示自己會堅持下去。

尹嫿再次開口說道：「晚上童延來過我這裡，應該是來找妳的。」

「嗯，我聽說了，他傳訊息給我了。」

「他想放棄留學的事情和妳說了嗎？」

「他也和我說過了。」

「那個傻小子應該挺在乎妳的。」尹嫿說完就開始笑，笑容曖昧，搞得許昕朵有點不好意思。

她原本要坐過來的，結果站在冰箱旁邊跟罰站似的，手足無措了一陣子才說道：「我們只是關係特殊，其實沒有其他的想法，您放心好了。」

尹嫿似乎很詫異：「我為什麼要放心？」

許昕朵抬頭看向尹嫿，張了張嘴唇沒說話。

尹嫿轉過身面向許昕朵，手臂搭在桌面上，坦然地說道：「他是我兒子，他對誰好，對誰什麼態度我也看得出來。我不知道你們的關係發展到什麼地步了，我也不會插手，我甚至覺得這臭小子不經歷點挫折，是不會開竅的。我只想告訴妳一點，我很喜歡妳。」

許昕朵愣住了。

尹嫿對著許昕朵溫和地微笑：「外界傳聞也有一部分是真的，如果是我不喜歡的女孩子和我兒子交往，我肯定會拆散他們。但是我喜歡妳，只要我喜歡妳，無論是什麼家世背景，收入多少都無所謂。只要妳願意，綁了童瑜凱那個狗男人我都讓妳做我兒媳婦。」

許昕朵趕緊解釋：「沒有沒有！我們沒有的！不可能的！」

「怎麼？」

「他不喜歡我，我也放棄了……」

「……」尹嫿看著許昕朵半晌，突然笑了，覺得挺有意思的。

不知道童延聽到許昕朵說她「放棄了」這幾個字後，會是什麼心情，反正尹嫿有點幸災樂禍。

尹嫿笑著起身說道：「沒事，你們不談戀愛也無所謂，等妳大了想談戀愛了，我就幫妳介紹男朋友，保證優秀。你們不戀愛的話……就當親兄妹相處，怎麼樣？」

「嗯，好。」

尹嬸走過去揉了揉許昕朵的頭：「我會將妳當成親女兒對待，畢竟妳也是我看著長大的，有感情在，我特別喜歡妳。妳好強我也支持，只是別太累了，自己注意安全，做好餅乾就早點睡吧。」

「好的，謝謝伯母。」

「只有我們兩個人的時候，叫媽媽。」

她看向尹嬸，眼睛一瞬間亮了，毫不猶豫地回答：「嗯，媽媽。」

簡單的兩個字，許昕朵叫出來後聲音卻在發顫。

這些年裡她對親情一直淡薄，自己都覺得成了一個涼薄的人，然而此刻她的心卻暖融融的，因為突然多了一個媽媽。

不再是偷童延的，是尹嬸實實在在的，對她的感情。

尹嬸願意當許昕朵的媽媽。

尹嬸回了樓上，對於尹嬸來說，這個時間應該入睡了，這才是最有美容效果的。

尹嬸在這方面尤其注意。

許昕朵這才想起要傳訊息給童延，告訴童延自己到家了，在做餅乾。

童延很快回覆：『為什麼要做餅乾？』

許昕朵：『給邵清和的，他幫我找到了工作，我做餅乾感謝他。』

童延：『今天也和他一起去的？』

許昕朵：『嗯。』

童延很快傳來視訊邀請，許昕朵點擊螢幕接通後，看到整個螢幕都是COCO。

許昕朵立即跟COCO打招呼，聽到COCO汪汪了幾聲。

童延推開COCO問許昕朵：『妳和邵清和在一起一整天？』

許昕朵拿來面紙盒放在桌面上，讓手機靠著面紙盒立住，同時回答：「沒有，培訓的時候只有我一個人了。」

『你們都培訓什麼啊？』

許昕朵將冷藏時間夠了的東西取出來放在桌子上，聊天的時候動作沒有停過：「練習走秀，還有拍照時的姿勢造型，在拍攝的時候我要主動擺姿勢，這樣能節省一些時間，攝影師也能輕鬆一些。造型就跟跳體操似的，一個接一個，不能間斷。」

『哦……妳是不是又和邵清和聊天呢？』

許昕朵覺得這個問題很奇怪，她很少和邵清和聊天，於是回答：「沒有啊。」

『做餅乾給他不是要問一問他喜歡什麼口味？』

「有給就不錯了，還管那些？他愛吃不吃。」

童延本來在家裡自己生悶氣。

他知道許昕朵和邵清和一起去公司後，就開始幻想邵清和一直纏著許昕朵，兩個人一起回來，回來後還繼續用訊息聊天。

越想越氣，童延乾脆直接打視訊電話過來，這樣許昕朵有沒有和別人男生傳訊息，他一目了然。

結果確定許昕朵沒和邵清和聯繫後，童延就詞窮了，他還真的沒什麼正事，於是說道：『我睡不著了。』

沒天硬要聊。

「然後？」許昕朵不解地看向手機的視訊畫面，看童延的表情。

睡不著跟她說有什麼用？

童延耍無賴地說道：『妳哄我睡覺。』

「……」

反正說都說了，童延也不要面子了，繼續耍無賴：『妳要跟我聊天，聊到我睡著為止。』

「好吧，你等我一下。」許昕朵說完，放下手裡的東西上了樓，沒多久拿出平板電腦，放在桌面上，在網路上找了一個故事大全，開始讀睡前故事給童延聽。

許昕朵擺好平板電腦，對著手機螢幕繪聲繪色地說道：「現在，朵阿姨給童延小朋友講《小狐狸的願望燈》好不好啊？」

童延無奈：『不好。』

這個敷衍沒辦法再明顯了。

許昕朵也不客氣：「拒絕就打死你。」

童延遲疑了一下說道：『好……』

「最近小狐狸心裡空蕩蕩的，牠好像忘記一些事情……」許昕朵照著睡前故事的內容開始唸起來。

童延在視訊那邊聽得腦殼疼。

過了一陣子，童延跟許昕朵說道：『好了，我睏了。』

許昕朵笑著湊近手機螢幕，跟童延道別：「那童延小朋友晚安啦，拜拜。」

『嗯，晚安。』童延說完之後，繼續看著螢幕裡的許昕朵。

許昕朵看一下子說道：「你掛啊，我手上有東西。」

『妳先掛。』

「我還要做東西呢。」

『那我看妳做。』

「你不是睏了嗎？」

『陪著妳，等妳做完了我們一起睡。』

許昕朵覺得這句話很奇怪，卻不知道該怎麼抗議。

視訊那邊的童延移動位置，接著在鋼琴前坐下，把手機放在一旁，問道：『妳想聽什麼，我彈給妳聽。』

「〈小星星〉。」

『好，妳想聽什麼我就彈什麼。』

許昕朵繼續在廚房裡忙碌做著餅乾，手機裡傳來鋼琴的聲音，這樣子做餅乾還真的挺有意境的。

〈小星星〉彈完，童延活動一下手指，換了一首〈給愛麗絲〉。

這首曲子響起，會讓一般人覺得是垃圾車的音樂，然而彈鋼琴的人都知道其中的寓意。

這是貝多芬寫給有好感的女孩子的曲子。

獻給我喜歡的女孩。

童延彈得還挺害羞的，全程不敢看視訊裡許昕朵是什麼表情。低調暗示，為自己以後表白做鋪墊。

他完全沒有料到，效果會適得其反。

許昕朵聽到這首曲子之後，扭頭看了手機螢幕一眼，突然有點生氣，開始摔摔打打的暴力做餅乾。

生氣不為別的，就是因為童延總是亂撩人。

渣男！

童延彈完之後終於鼓起勇氣看許昕朵，看到許昕朵還在繼續做餅乾，不由得有點氣餒。

撩不動，真的撩不動，鋼鐵直女就是許昕朵這樣的。

不過轉念一想，邵清和那種說話喜歡拐彎抹角的男生，肯定搞不定許昕朵，又有點放心。

♫

邵清和在自己的房間裡做平板撐體。

他的房間裡沒有其他健身設備，甚至沒有健身用的墊子，地板太硬，只能在床上做。

這時有人輕輕敲房間的門，他輕聲「嗯」了一聲，接著起身拿起毛巾擦了擦臉上的汗，走過去開門。

打開門邵母端著糕點走了進來。

邵清和抬頭看了時鐘一眼，已經晚上十一點了，這個時間送糕點給他，真的有點違和。

他做了一個深呼吸，還是笑著將邵母迎進來，接過糕點放在自己房間的桌面上，問道：

「媽媽怎麼了？」

邵母猶豫著開口：「清和啊……你能不能……」

不等邵母說完，邵清和直接說道：「不可以，我不想。」

邵母：「……」

就算邵清和已經拒絕了，邵母也沒走，走進來坐在沙發上，有些不安地揉搓著雙手，似乎在思考該怎麼勸說邵清和。

邵清和抿著嘴唇，暗暗握住拳頭，卻還是故作鎮定地走過去說：「媽，妳去和穆阿姨聊聊天，喝喝茶……」

「我不想和她相處，她總是期期艾艾的，我不喜歡。」

「妳不也是嗎？」明明妳們兩個都是很喪氣的人。

「可是她年紀太小了。」

「那妳就和……」

邵清和的話還沒說完，就被邵母打斷了，直奔主題：「你不用幫我安排這些事情，我需要你再住一次院，讓你爸爸回來。他已經三個月沒回來過了，一個電話都沒打過，就像忘記了還有這個家似。」

邵清和就知道是這樣，苦惱得直揉額頭。

他一點也不想再繼續這樣下去了。

看到邵清和為難的樣子，邵母突然問他：「你裝病都這麼多年了，怎麼就不能再來一次？」

結果聽到邵清和清冷的聲音：「媽，爸已經不愛妳了，離婚吧。」

聽到這句話，邵母瞬間跟瘋了一樣，站起身朝著邵清和撲過來，伸手掐他的手臂：「說什麼混帳話！我不可能離婚的，那豈不是給那個小妖精讓位？我下半輩子都不會再找了，他們也別想我給他們讓位！沒門！」

「妳這樣只是互相折磨而已，也讓我非常難受。」

「我為了什麼你不知道嗎？我是為了你啊清和！」邵母抓著邵清和的手臂，表情猙獰，瞬大了眼睛看著邵清和。

邵母和邵清和長得不像，邵清和的眼睛不算大，是一雙溫柔的眼睛。

邵母的眼睛卻出奇的大，瞬圓的時候有些恐怖。她對著邵清和瘋狂地說道：「家產只能是你一個人的！只要我在的一天，那個狐狸精和狗雜種就別想搶走分毫。」

邵清和再次說到邵母的痛處：「如果妳只是想爭家產，沒必要讓我裝病，也沒必要讓爸回來。」

「他不回來，就會忘了還有你這個兒子了！他應該還是疼你的，關心你的身體。」

邵清和看著邵母，已經做不出溫和的表情了，甚至有點煩。

何必自欺欺人呢……

邵清和往後退，掙脫母親的手，想要安撫住母親：「媽，妳先回去休息吧，我明天還要上學呢。」

「你不管我了是不是？如果是清羽的話，他絕對不會這樣對我的！」

又提邵清羽。

邵清和勸道：「如果哥哥在的話，也不想看到妳這麼難過的樣子。」

「對，清羽不會讓我這麼難過的，他一定會想辦法幫我。是不是你不夠優秀，爸爸才變心的？啊？清羽在的時候，我們的感情還好好的……」

邵清和的表情一暗，不再說話了。

邵母繼續問：「怎麼，你不想聽了是不是？」

一邊讓他時不時曠課，一邊還要他足夠優秀。

想要他怎樣？

一有事就提邵清羽，他永遠不如哥哥好，讓邵清和很難有好的態度。

見邵清和一直沉默，似乎也不想答應，邵母開始發狂，還砸了她端來的糕點。

邵清和沒理，在房間裡靜靜地坐著，等邵母發洩完畢後，找人收拾就可以了。

結果今天邵母多了新花樣，她離開後，邵清和靠在沙發上準備冷靜一下的時候，邵母又走了進來，手裡拿著一瓶藥，往手裡倒藥丸：「你也不管我了是不是，我只剩下你了，全世界只有你能幫我了，你還不管我，我死給你看！」

邵清和快速起身，攔著邵母，搶走藥看了一眼，邵母居然不知道什麼時候買了一瓶安眠藥回來。

邵清和簡直要崩潰了：「能不能不要再逼我了？你要我走邵清羽的老路嗎？」

邵母一怔，開始哭泣，一個年過半百的女人頹然地坐在地面上，哭得像是無助的孩童。

邵清和覺得很煩躁，可她終究是自己的母親。

他最後還是蹲下身，盡可能溫柔地問：「媽，我再幫妳一次，之後妳要聽我的話，去看心理醫生好不好？」

見邵清和答應了，邵母當然邵清和說什麼都行，原本對看心理醫生十分抗拒，如今也答應了。

邵清和安撫住母親，將母親送回去休息。

接著一個人疲憊地回到房間，看著一地狼藉也懶得找人收拾了。他躺在床上，一個人看著天花板發呆。

沒有誰天生喜歡揣測人心，他身邊有喜怒無常的人，從小就要學會看人臉色行事，才能避免麻煩。

時間久了，就有了這樣的毛病。

他不聰明。

他很笨。

不然能處理得很好吧。

♫

許昕朵第二天帶著餅乾來到學校，結果邵清和卻請假了。

她拿著餅乾不由得一陣納悶，昨天邵清和還好好的，怎麼今天就住院了？

她這些聖誕餅乾也給不了別人，想了想後，只能轉身看向穆傾亦，說道：「哥。」

穆傾亦的身體一僵，扭頭看向她。

許昕朵把餅乾給穆傾亦：「幫我轉交給邵清和吧，你肯定會去醫院看他的吧？」

「……」穆傾亦接過餅乾看了看，卻不知道怎麼回答。

邵清和每次裝病都覺得非常難堪，不讓人去看他，他自然不會去，這餅乾他怎麼給？

而且，只有邵清和一個人的？

「全是送給他的？」穆傾亦問。

這些餅乾被許昕朵用袋子裝好，小繩子封口。就算如此，也是過幾天就不好吃了。

她也不想白做，只能委託穆傾亦幫忙送去。

「對，你可以吃幾塊。」許昕朵顯然是沒有做給他，回答得很敷衍。

穆傾亦為難地捧著餅乾，有些不知所措。

許昕朵發現了，問：「不方便嗎？」

穆傾亦只能如實回答：「我不會去醫院看他。」

「他這次請幾天假？」

「不知道，一般要看他爸爸回來的速度。」

「他爸爸是醫生？」

「不是。」

「……」許昕朵不懂了。

只能伸手又將餅乾拿回來。

她傳訊息詢問邵清和：『你什麼時候回來，我的餅乾做好了。』

邵清和：『哦，我都忘記這回事了，妳能幫我郵寄過來嗎？』

許昕朵：『把地址給我吧。』

邵清和很快傳了地址。

許昕朵這一天都在思考，要不要郵寄？她手邊沒有減震的東西，郵寄過去大概都碎了。

她做聖誕樹花樣還挺用心的，碎了可惜。

她又看了看地址，突然發現醫院距離公司並不遠，她可以在去公司培訓前送過去給邵清和。她自己有車有司機，來回也方便。

這樣就沒有什麼問題了。

♫

午休時間，許昕朵去黃主任那裡看童延的成績。

走進去就看到童延在看自己的考卷，研究錯的題目。

童延的總分是五百四十七分，總成績可以進普通一班，但是進不了火箭班。火箭班最後一名的成績是五百八十七分。

她伸手拿起童延的考卷跟著看，說道：「其實已經比我預期好多了。」

童延翹著二郎腿，還是有些不滿意：「考的時候著急了，不然肯定能超過五百八十七分。」

許昕朵拿著試卷帶著童延回國際班的教室，許昕朵雖然轉走了，但是她的位子還空著。他們回到原來的座位，許昕朵開始講解給童延聽。

魏嵐看到許昕朵回來後，立即過來打招呼：「朵爺回來了？我們延哥這幾天寂寞的啊，天天唉聲嘆氣的。」

許昕朵指了指考卷說道：「我只是過來講解題目。」

魏嵐湊過來看了看卷子，忍不住撇嘴：「雖然都是中文字，但是我居然看不懂，嘿，兩邊教材差這麼多嗎？」

許昕朵沒理會，在錯誤題目旁邊寫上公式，接著在童延解題步驟其中一個地方畫了一筆，又把卷子還給童延。

童延接過去看，拿起筆來重新做這題。

許昕朵開始看其他科目的卷子，結果發現童延的重大問題居然是文言文，國文科拉低太多分了。

首先，童延明顯沒背過古詩，詩詞填空題乾脆沒寫。再看文言文大題，童延也基本上不會，整個文言文閱讀題幾乎沒得分。最後看閱讀理解，許昕朵看完答案後只有一個想法：童延完全沒有理解。

童延的作文也讓許昕朵看了頭疼。

字是好看，規規矩矩，方方正正，過了一千字標準線，但是寫的是什麼東西？前言不搭後語，後面乾脆抄閱讀理解的句子？

態度端正，答得垃圾。

她記得童延上課喜歡睡覺，尤其是國文課。

別的課童延都能忍，但是許昕朵老家的國文老師特別愛聊天，上著上著，就開始說古今八卦了。說了一堆亂七八糟的，讓人一頭霧水。

尤其國文老師說話綿軟無力，十分催眠，童延瞌睡重災區就是國文課。

童延主攻國際班，沒背過古詩詞，不精通文言文問題不大，許昕朵幫他補幾天，讓童延死記硬背就可以了。

但是作文怎麼辦？

許昕朵不由得嘟囔：「你這個問題很大啊……」

童延非常苦惱：「我真的不知道寫什麼，妳怎麼寫的，我看看？」

「只是隨便寫寫。」

童延拿出手機，翻開APP說道：「高分作文會被上傳到國文公布欄去，我看看妳怎麼寫的。」

這件事許昕朵還真的不知道，學校的APP她都沒點過全部功能。

她想起什麼，立即攔著童延說道：「不許看。」

童延不解，繼續點擊手機螢幕：「看看怎麼了，學習學習。」

童延眼看著要找到許昕朵的作文了，結果被許昕朵朝著腦袋打了一巴掌，把童延都拍傻了。

童延錯愕地扭頭看向許昕朵，接著捂著腦袋哀嚎一聲：「腦震盪了……」

許昕朵也是著急，趕緊幫童延揉腦袋，嘴裡還在抱怨：「你不看不就沒事了？」

「疼……」童延式撒嬌開始了，他乾打雷不下雨的裝哭，然後往許昕朵懷裡鑽。

魏嵐看到這一幕，立即舉起手機一副要自拍的樣子，然而攝影鏡頭裡明顯有許昕朵和童延兩個人。

魏嵐發現許昕朵注意到了，還解釋：「妳別誤會，我只是突然覺得我好帥啊，想自拍。」

蘇威也跟著湊熱鬧：「來，我們幾個合個影。」

說完站在魏嵐身邊，和魏嵐一起自拍，主角是魏嵐和蘇威，背景裡有許昕朵和童延。童延只有一個後腦勺，畢竟他靠在許昕朵懷裡呢。

許昕朵羞惱得不行，推開童延後，也不教童延了，氣勢洶洶地走了。

她本來就是一個氣勢很強的人，走出教室的時候帶著怒氣，險些撞到人。本來是許昕朵莽撞了，結果兩方同時向對方道歉，被撞的人落荒而逃。

許昕朵回頭瞪了在偷笑的魏嵐和蘇威一眼，原地一跺腳，回火箭班了。

等許昕朵走了，魏嵐回到自己的座位問童延：「怎麼？開竅了？」

童延揉著頭繼續看自己的考卷，抬頭看了魏嵐一眼，接著說道：「之前我沒覺得有什麼，自從我頓悟之後，想起你之前企圖泡我們家朵朵，就來氣。」

魏嵐的笑容逐漸收斂，接著說了一句「再見」就轉過身，不再和童延說話了。

童延的腦袋真的被拍傻了，不過還是拿出手機看許昕朵的作文，不知道這個作文有什麼見不得人的。

作文題目：影子。

——我大多數的時間都在那個寧靜的小鎮，坐在樓上能看到綿延不斷的山，陪我的是明媚的陽光，與躺於地面的影子。

——我有兩個影子，或遠或近，虛無縹緲，很長一段時間我覺得我觸碰不到它。

童延看了一陣子忍不住撇嘴，這矯柔做作的文風，跟青春疼痛文學似的，國文老師喜歡這種？

——我在意一個人，他像影子一樣一直陪伴著我，我與他的關係，恐怕與影子的關係一樣。彼此陪伴，一起成長。

——他一直都在，卻永遠觸不可及。

——我知道他在陪著我，我卻擁抱不到他。

童延看著這段話，突然心口一盪。

之前他與許昕朵的關係，彷彿影子。

他一直都在，他們彼此聯繫，然而就算交換身體也在不同地方。

他們通過電話，他們經常交談，但是從未見過對方。就像影子一樣，明明陪伴，卻沒有實質的感受過對方。

他還記得他幫許昕朵過十六歲生日那天，許昕朵全程緊張到不行。如果不是因為在夜裡，他也許會看到許昕朵發紅的臉頰吧……

當時他還納悶，為什麼許昕朵總是不跟他對視，現在突然理解許昕朵的心情。

童延伸手戳了戳魏嵐的手臂，跟魏嵐說：「我覺得許昕朵暗戀我。」

魏嵐看著童延，認真地說：「我覺得你被打傻了。」

許昕朵回到教室後雙手捧著手機，開始翻APP裡國文公布欄，果然找到自己的作文，想找條繩子上吊。

死了算了。

活不下去了。

丟死人了。

她需要毀屍滅跡，研究怎麼才能刪掉，結果發現她根本弄不明白，之前童延是怎麼刪文的呢？

尹嫿知不知道？

正在研究，就看到童延傳來訊息：『想刪作文？』

許昕朵突然後悔了，剛才不應該只打一巴掌，應該同歸於盡！

童延：『好啦，我知道了，我幫妳刪。』

許昕朵：『你怎麼做到的？』

童延：『花錢請駭客啊，而且這個破APP一點技術含量都沒有，想改一下簡單死了。』

許昕朵：『哦。』

童延：『給我的情書怎麼能給別人看呢？對吧？』

許昕朵看著手機，覺得自己的腦袋在燃燒。

她飛速打字，想要否認，結果輸入幾個版本都覺得有點太假了，欲蓋彌彰得太明顯。

還沒想好究竟怎麼回覆，那邊再次傳來文字：『妳輸入半天，怎麼還沒傳過來，又寫作文了？』

許昕朵：『去死！』

童延：『嘻嘻嘻。』

許昕朵：『別誤會，我只是隨便寫個作文，拿你抒情。』

童延：『嗯嗯，我就當我信了。』

許昕朵：『就是這樣！』

她覺得必須快速解釋清楚，不然會和劉雅婷同一個下場，於是手指打字飛快。

童延看著手機忍不住笑，腦子裡想著許昕朵害羞的樣子，想想就覺得有意思。

他用手機打字：『沒事，表白這種事情由我來。』

結果還沒傳過去，就看到手機螢幕上出現許昕朵傳來的文字。

許昕朵：『我對你沒有任何想法，你多慮了。』

許昕朵：『我和星娛的合約上也有條款，一年內不會戀愛，我自己也沒有談戀愛的想法。』

許昕朵：『真的只是隨便寫寫而已，誰會喜歡你這種幼稚鬼？』

童延看著螢幕上的文字，原本的笑意瞬間消失了。

合約？不能戀愛？

不會喜歡他？

他表情木訥地看著手機螢幕，將自己還沒來得及傳出去的文字刪掉，接著就不知道該怎麼回覆了。

他低頭看看自己桌面上的試卷，是他為許昕朵做出留在國內決定後，走出的第一步。

結果他剛剛走出第一步，就被許昕朵拒絕了。

眼眶有點熱。

他覺得眼皮在下搭，有點睏，想睡覺。一瞬間沮喪了起來，鬥志全無，只想繼續睡覺。

努力什麼啊，這些努力都是徒勞。

她毫不猶豫地簽了合約，就證明她真的沒有想過和他在一起吧？

說來也是，他們兩個人接觸的時間那麼短，許昕朵也不會喜歡上他吧。

怎麼辦，心口好難受，呼吸都在顫抖。

上一秒雲端，下一秒墜入泥汙裡。

隨她升隨她滅，都由她。

童延趴在桌面緩了好久，都不知道該怎麼回許昕朵的訊息。

過了一陣子，他問魏嵐：「你追女生，被拒絕了怎麼辦？」

魏嵐回答得很快：「追下一個。」

「如果你非常喜歡她呢？」

「我還沒特別喜歡過誰呢。」

童延趴在桌面上正頹然著，魏嵐居然湊過來問：「朵爺拒絕了？我就說你被打傻了吧。」

「來，我們兩個現在去散打教室打一場。」

「別別別，其實被拒絕是正常，朵爺渾身上下就寫著兩個字：難追。」

童延不想說話，只想趴著。

魏嵐繼續說：「朵爺要是直接讓你追到了，我都覺得是你惹了朵爺，朵爺想要你乖乖的在她身邊挨揍。」

「我在你的印象裡是不是也是兩個字？」

「哪兩個字？」

「欠打。」

魏嵐笑了半天，默認了。

童延突然坐直身體，揉了揉臉讓自己振作起來。

她不喜歡他，就努力讓她喜歡上自己，哪能一下子就兩情相悅呢是不是？

既然喜歡了就去追！反正他也做出決定了，追不到絕不甘休。

所以現在迫在眉睫的問題是，這個合約能不能解約？不然真的很難追啊！

♫

許昕朵拎著餅乾來到醫院。

這裡是上一次尹嫿帶她來的私人醫院，各種設備齊全，裝潢極為高檔，服務態度特別好。醫院裡的人不多，工作人員比病人多，和一般的醫院有著不小的差距。

據說來這裡需要提前預約，每天限制來看病的人數。他們這裡沒有固定的醫生，都是有預約後從全國各地的醫院趕過來的專家醫生。

當然，也有特別的一點，光是掛號費就要四位數。

許昕朵上次能突然來檢查，還是尹嫿動用關係，掛號費多了幾倍，才讓已經要下班的工作人員和醫師陪著他們加班。

邵清和住的是VIP病房，許昕朵拎著餅乾朝著病房走，路過休息室的時候聽到爭吵聲。

男人低吼：「別再搞這些把戲了，妳看看妳現在這副鬼樣子，我看到都覺得恐怖，怎麼可能繼續跟妳相處下去。」

女人反駁：「這就是你出軌的理由嗎？明明是你的錯，卻說得道貌岸然的！」

許昕朵路過後隨便瞥了一眼，看到是一對老夫妻，看年紀都超過五十歲了，甚至要更年長一些。

她沒在意，看著門牌號碼繼續尋找，卻突然被人抓住手腕，將她拽到一旁。

她嚇了一跳，抬頭就跟熟悉的溫柔眼睛對視了，邵清和在笑，他似乎永遠是這副溫和的模樣。

只是兩個人靠得有點近，讓她有點討厭。她想要後退，邵清和卻不鬆開她，手出奇的有力，似乎是不想讓她打擾那兩個人爭吵。

這個時候，爭吵的男人說道：「妳讓清和配合妳裝病，這麼多年了，妳有沒有想過他的感受？一個好好的男生，成了遠近聞名的病秧子？」

「這有什麼問題？大家會對他多一些同情，從而照顧他。」

許昕朵看著邵清和，知道爭吵的人和邵清和有關係了。

邵清和低聲說：「我們從這邊走。」

邵清和說完，拉著許昕朵的手臂帶著她往病房走，走的是逃生通道。

許昕朵確定離那兩人遠一些了，才問：「剛才的兩位是你的爺爺奶奶？」

「是父母。」

「……」

這年齡差距有點大。

邵清和解釋道：「我是他們失獨後的老來子。」

這種事情許昕朵不能評價什麼，只是沉默地說：「我是來送餅乾給你的。」

說著，將餅乾遞到邵清和手裡。

「來都來了，直接走？這不符合我的待客之道。」邵清和刷卡進入自己的病房，走進去後倒了一杯水，遞給她。

許昕朵想了想後還是坐在病房裡的沙發上，問他：「我聽到吵架內容，沒事嗎？」

邵清和不在意：「無所謂，我也知道妳的祕密，也沒有到處去說。」

「你相信我？」

「我只是相信妳根本沒有人可八卦。」

「我可以跟婁栩說啊，和她說了，全世界都知道了。」

「那妳說吧。」

許昕朵看了看邵清和，覺得沒意思，捧著水杯喝了一口。

邵清和還穿著病服，不過病服外面套了一件毛衣外套，配著他蒼白病態的皮膚，看起來還真的有幾分像病人。

邵清和坐在病床上，笑呵呵地看著她，拿許昕朵帶來的餅乾吃了一口，一邊點頭一邊說：「朵朵妹妹做的餅乾確實好吃。」

許昕朵沒在意那句誇獎，還是有點好奇，問道：「所以……你一直是在裝病嗎？」

「嗯，我媽媽為了挽回出軌的丈夫，想到了這個方法。」

「那你平時總是吃藥。」

「吃美白丸。」

許昕朵吃了一驚，忍不住問：「這個美白丸效果還挺好的？」

邵清和是真的白，白到不正常了。

「其實，只是障眼法。這種藥物會影響血液的流動，讓人看起來皮膚沒有一點血色，就白了唄。我不推薦妳吃，這東西影響心臟，會給心臟增加負擔。」

「哦……」許昕朵指了指門外，問道，「露餡了？」

邵清和搖了搖頭，笑著回答：「我主動跟我爸爸說的，我不想裝病了。」

「哦。」許昕朵真的搞不懂邵清和，「那你之後就不用裝了？」

「過度一段時間吧，不然我媽媽會很難堪。」

「所以呵呵哥哥也很溫柔呢！」

邵清和愣了一瞬間，接著大笑出聲。

邵清和雖然總是笑眯眯的，但是眼睛裡經常沒有半點笑意，這次倒是難得的爽朗大笑。

許昕朵問：「吵成那樣真的沒問題嗎？你不去勸一勸？」

「不勸，最好離婚。」

許昕朵調整姿勢，翹起二郎腿來說道：「我以前覺得，你關注我是不是居心叵測。現在終於明白了，你就是在尋找比你還慘的人，看到別人比你慘心裡就被安慰了，以此來找平衡是不是？」

邵清和也不在意，坦然承認：「是啊，我身邊這群孩子都太幸福了，難得碰到一個這麼慘的。我想看妳苦兮兮的日子是怎麼度過的，說不定就此找到慰藉了，能鼓勵我活下去呢。」

許昕朵不想讓邵清和得逞，故意說道：「我沒有你慘，我現在很自由。」

邵清和一句話秒殺她：「我有錢。」

許昕朵不再說話了。

邵清和不再笑了，只是看著許昕朵，突然說道：「許昕朵，妳要好好活著，我可要靠著妳的勵志故事續命呢。」

「這是你幫我的理由？」

「算是吧。」

「所以……你快堅持不下去了？」

這次改為邵清和抿著嘴唇不說話了。

那兩個人是他的父母，他無法選擇，無法背叛。母親的精神狀態，對他來說就是一種慢性折磨。

很痛苦。

但是沒辦法跟別人述說。

如果心裡很痛，那就微笑吧，不能讓人看笑話。

邵清和笑得很累。

許昕朵突然說道：「我會活得很好，讓他們看著我活得好，這才最痛快的。」

她說完站起身來朝外走，同時道別：「拜拜啦呵呵哥哥，我要去努力工作了。」

「嗯，再見。」邵清和回答，看著她走出去。

邵清和又吃了一塊餅乾，接著拿出餅乾看上面的聖誕樹圖案，許昕朵是一塊一塊裝飾的，十分用心。

他拿出手機來，對著餅乾拍了一張相片，接著上傳動態。

邵清和：『第一份耶誕禮物，朵朵妹妹親手做的餅乾一袋，開心。』

第十八章　母親

許昕朵參加完公司的培訓回到尹嫿別墅，有點疲憊。

進入家門後安靜地換了鞋子，揹著書包朝樓梯走，看到尹嫿從樓上走了下來，對她說道：「妳媽媽今天來過。」

許昕朵聽到這個消息下意識蹙眉，問：「她來是想要認識妳？」

「說是來找妳的，我告訴她妳還沒回來，她就一直在外面等，說要等到妳回來親自見妳。我跟她說了妳明天會正常時間回來，讓她明天再來，她才離開。」

許昕朵聽完感到一陣煩躁，她現在聽到這家人的名字與事情都會覺得很煩，簡直要產生生理厭惡了。

尹嫿看出她厭惡的模樣，說道：「實在不行就跟她說妳現在是我的養女吧，同樣是養女，做我的養女肯定比做穆家的好，我會把妳的撫養權爭取過來。」

「嗯，好，我確實不想跟他們有什麼牽扯了。」

「不過這樣的話……妳和延延會成為兄妹。」

「……」

許昕朵猶豫了，咬著下唇不說話，兩邊難以取捨。

尹嫿看著許昕朵微笑，隨後拍了拍許昕朵的肩膀說道：「這樣吧，我明天陪妳見她，看看她說什麼，我們之後再想辦法應對。」

許昕朵點頭同意。

尹嫿走過來捧著許昕朵的臉頰，在許昕朵額頭上親了一下：「好啦，別這樣，挺漂亮的一個小女生，都成哭喪臉了。回房間裡去洗漱一下，然後好好睡一覺。」

許昕朵被親得不好意思，點了點頭。

看到許昕朵害羞，尹嫿喜歡得不行，兩個站著的位置正好差一級臺階，她順勢抱著許昕朵往自己懷裡揉：「我女兒怎麼這麼可愛呢。」

許昕朵被尹嫿抱了一陣子，才快步回到房間裡洗漱。

臨睡前拿出手機看了一眼，看到了數則未讀訊息。

她回來的路上已經累得連說話的力氣都沒有了，都沒有看過手機。

她先點開婁栩的：『許昕朵！我的耶誕禮物呢？啊？只給邵清和不給我！絕交！哼！』

許昕朵打字回覆：『這是邵清和幫我介紹模特兒兼職的謝禮，妳是怎麼知道的？』

婁栩：『（圖片）。』

婁栩：『妳看，邵清和的動態。』

許昕朵：『乖，我會幫妳準備禮物的。』

婁栩：『我也會準備妳的禮物的！』

她退出後，看到童延傳的訊息：『邵清和怎麼那麼騷呢？』

許昕朵：『你也知道了？』

童延：『也？妳又在我前面回別人訊息了？』

許昕朵才發現童延居然這麼敏感。

許昕朵：『她的訊息在你上面。』

童延：『那就證明她比我後傳訊息啊！』

許昕朵：『好，我錯了。』

童延：『嘖，態度良好，堅決不改。』

許昕朵：『你是怎麼知道的？』

童延：『魏嵐傳給我的，魏嵐是在群組裡看到別人截圖八卦，他們說妳劈腿了。』

許昕朵：『……』

童延：『還說妳專門搞隔壁桌。』

許昕朵：『……』

童延：『我是被妳拋棄的人，眾人對我紛紛投以同情。』

許昕朵：『只是送個餅乾而已！』

童延：『妳送我一點什麼，我也上傳動態。』

許昕朵：『你上傳沒用，你也沒幾個好友，那幾個好友也不會截圖出去。』

童延：『他太騷了，氣死我了。』

許昕朵：『別理他。』

童延在這個時候打來語音電話，許昕朵有氣無力地接聽了：「喂。」

『到家了嗎？』

「嗯，到了。」

『聲音怎麼這麼虛弱，很累？今天訓練什麼了？』

「開肩。」

『沒哭吧？』

「嗯，但是也很疼。」

許昕朵的身體沒有經歷過正規的開肩和拉伸，很多動作都只做過一些自己可以完成的，但是需要人配合的從來沒有做過。

今天幫許昕朵開肩，十七年來第一次，也夠許昕朵難受了。

童延打電話本來是來興師問罪的，結果語氣瞬間柔和下來：『那妳早點休息吧，我明天幫妳揉一揉肩。』

「好。」

許昕朵幾乎是掛斷電話後就直接睡著了，一覺睡到第二天早晨，被鬧鐘吵醒。

按照許昕朵的生理時鐘，還真的很少睡到這個時間，她起身疲憊地朝洗手間走，發現肩膀痠疼，洗漱的時候都沒有那麼自在。

♫

坐車到了學校後，進入班級坐下就開始瘋狂補作業。

坐在她身邊的邵清和也在忙碌著，他也是到了學校才開始補作業，雖然請假了，但是作業還是要交。

兩個學神級別的人物，坐在一起寫作業，也算是奇景了。

結果沒多久童延居然大搖大擺地走進火箭班的教室，到許昕朵座位前拉來一張椅子坐在許昕朵的正對面，從她的桌面拿起一枝筆說道：「還有什麼要寫的？」

許昕朵也不客氣，丟過去一個本子：「幫我抄單字。」

「嗯。」童延回答完，悶頭開始幫許昕朵寫作業。

邵清和寫著寫著，抬頭看向他們兩個人，非常詫異。

同樣是補作業，怎麼感覺不一樣呢？

穆傾亦是看著童延走進來的，看著他搬來了老師的椅子，坐在他的斜前方，神奇地開始幫自己的妹妹寫作業。看完全過程的穆傾亦表示，這兩個人做得非常嫺熟且自然，完全不需要多餘叮囑的話。

不止是邵清和、穆傾亦驚訝，火箭班很多人都驚呆了。國際班的學神突然來他們火箭班幫他們班的新任學神寫作業？

婁栩走過來俯下身跟著看，接著說：「延哥，這是火箭班。」

「怎麼了？」童延寫作業的時候低聲問。

「你進來得也太自然了吧？」

「進你們火箭班之前是不是還要拜碼頭啊？」

「這倒是不用。」

婁栩站在這兩位身邊看了半晌，突然拿起手機對著四個人猛拍了三張相片。在他們疑惑地抬頭看向她的時候，還在最後關頭又補拍了一張後，快速逃離現場。

這種奇景，必須拍照留念。

童延沒計較，只是看著婁栩離開後，繼續幫許昕朵寫作業，同時還在說：「我曾經以為婁栩是魏嵐前女友裡最正常的一個，因為她分手了不哭不鬧不要錢。現在看來……她反而是最不正常的一個。」

「不過都挺漂亮的。」

「魏嵐唯一的擇偶標準就是長得好看。」

童延幫許昕朵補完作業還在嘟囔：「火箭班的作業也太誇張了吧？這麼多？」

「我也覺得。」許昕朵回答。

國際班本來就比普通班輕鬆一些，作業很少，沒有高三衝刺階段，考完雅思、托福就沒有什麼太大的難關了。

普通班確實負擔很重。

童延伸手捏了捏許昕朵的肩膀：「肩膀疼嗎？」

「痠疼。」

「等午休的時候幫妳揉揉，我先回去了。」

「嗯。」

童延走了之後，穆傾亦忍不住了，問她：「他幫妳揉？」

許昕朵和童延太熟了，這種舉動完全沒什麼，許昕朵都沒在意，整理桌面上的作業，和黑板上的列表對了一下，隨意地點頭。

邵清和還沒寫完，依舊在生死飆速，明明是一個時常笑瞇瞇的人，此時都成了眉頭緊鎖的表情。

學神也會被作業壓彎了腰。

早自習結束，邵清和才寫完作業，放下筆活動手腕，看到許昕朵在吃零食。

她像是開零食店的，書包裡似乎沒有別的東西，全都是零食，隨手一掏就是一袋，也不見她胖。

「做模特兒了不用管理身材？」邵清和隨口問。

「我的腸胃不好，吃東西不太吸收，胖的比一般人慢。而且，手搖飲料那種特別容易胖的東西我也不碰。」

邵清和突然湊近許昕朵說道：「妳的字和童延的真的很像。」

許昕朵隨口回答：「哦，巧合吧。」

「魏嵐的前女友妳見過很多？你們才認識沒多久吧？」

「看過相片。」

邵清和繼續微笑著說道：「妳擅長的那些，童延剛好也都擅長，你們兩個真的很有緣。」

許昕朵看著邵清和，並未回答。

邵清和依舊在笑，拿出書本開始上課。

許昕朵知道，邵清和瞭解的並不多，不可能像尹嫿那樣發現細節，知道他們的祕密。

邵清和現在懷疑的，恐怕是覺得許昕朵和童延很早就認識。

至於是怎麼認識的，什麼時候認識的，邵清和就不知道了。

結束一天的課程，許昕朵疲憊地回到家裡，車子還未停下，就看到穆母等待在尹嫿別墅的門口。

她稍作猶豫還是下了車朝著穆母走了過去問：「妳有事嗎？」

「我來找妳。」

「我不想回去，也不會回去，我那天已經說得很清楚了，我們就當沒認識過。」

穆母還在努力對許昕朵微笑：「朵朵啊，我們能不能找一個安靜的地方好好聊聊天？媽媽很擔心妳。」

許昕朵做了一個深呼吸，揹著書包帶著穆母走進尹嫿的別墅。

尹嫿的別墅裡有一個小的陽光房，陽光房外就是花園。

許昕朵隨手將書包拿下來，很快有傭人過來幫忙把她的書包和外套拿走，接著送來了茶水，詢問穆母有沒有什麼喜好。

穆母很拘謹，對待傭人也客客氣氣的，坐下之後看向許昕朵問：「妳在這裡住得還習慣嗎？」

「嗯，比在穆家好，他們待我很好，而且尊重我。」

這話反而讓穆母心裡難受起來：「哦……那就好。」

許昕朵故意不叫尹嫿下來，她要看看穆母來這裡的目的是什麼，是為了尹嫿來的，還是想要她回去。

她端起茶杯喝了一口紅茶，接著問：「有事嗎？」

穆母左右看了看，注意到周圍沒有其他人了，才放開了一些，說道：「我只是很擔心妳，總怕妳在外面自己住會有什麼危險，或者過得不好。」

「這點真的是多慮了，我只要不在穆家就是安全的，也不會有其他人欺負我。」

「嗯，我知道，妳在家裡的時候受了委屈，我也想過，如果是我遇到這樣的事情也會心裡難過。」

「那就放過我吧。」

「我不是想勸妳回去的，我想問妳一件事情。」

這個說法倒是讓許昕朵意外，難不成是想讓她一直在尹嫿這裡住，穆家還跟她保持關係，這樣就能攀上童家？

這也太噁心了吧？

誰知，穆母說的是讓許昕朵更意外的事情：「如果我和妳爸爸離婚了，妳願意到我身邊來嗎？」

許昕朵很詫異，看著穆母愣了半晌才冷笑一聲，接著問：「怎麼？我的歸來還攪亂了你們的婚姻嗎？我不但有可能讓穆家破產，還讓你們的感情破裂了？我又要揹莫名其妙的黑鍋了嗎？」

「我也是在妳回來之後，才發現我和妳爸爸之間確實存在問題。之前相安無事還好，現在出了事情，隱藏的爆發點就出現了，我越來越受不了他了。我想要和他離婚，在離婚後，我希望妳能來我身邊，我一點都不瞭解妳。妳看，妳會那麼多東西，我卻一樣都不知道……」

許昕朵聽著這些話有些煩躁，拿起紅茶又喝了一大口。

她不想看穆母，她對穆母一點感情都沒有，現在穆母說這些事情，只會讓許昕朵心情煩躁。

穆母也知道自己唐突，卻還是說了下去，她知道，錯過這次恐怕想再見許昕朵就難了。

「朵朵，我知道我不是一個很好的媽媽，我在前段日子太懦弱了，沒能維護妳。我的心也十分難受，妳離開後我的心簡直在滴血。妳是我的親骨肉，我不可能不要妳。」

「然後呢？」

「我可以分得一些家產，還會有撫養費，這些錢足夠我們母女生活。」

許昕朵突然覺得後槽牙的位置隱隱作痛，不知是不是被一瞬間的火氣刺激的。

她冷笑，覺得一切都很荒唐。

「妳要離婚，但是還要靠著他？妳的尊嚴也不過如此！」許昕朵突然對著穆母吼道，「妳靠著他生活，他靠著婚約維持家業，所以我還是妳的養女！我的身分還是不能公開！我想要的妳根本不能給我，我為什麼要去妳身邊，看著妳換一種方式做寄生蟲！」

穆母慌了，想要抓住許昕朵的手，卻被許昕朵躲開，她連忙解釋：「朵朵，我會公開妳的身分，不讓妳再受委屈。」

「可是妳求生的路是靠他！公開了，那個無能的男人家業就維持不住了，我在妳身邊和妳一起喝西北風嗎？難道要靠我輟學出去工作養妳嗎？妳看看妳都多大年紀了，看似深思熟慮，其實什麼都沒想明白，自己的後路都沒想過嗎？妳可真是想一齣是一齣，沒有一個決定是對的！妳這種做事不過腦子的人，就活該活得坎坷一些！」

穆母被許昕朵說著呼吸一滯。

她睜大雙眼看著許昕朵，竟然半晌沒能發出一個音節來。

她在許昕朵的眼裡看到了失望，看到了厭煩。

此時她深刻地意識到，她這次來找許昕朵恐怕適得其反了。

「對不起……」穆母哽咽著說出來，隨後快速擦了擦眼淚，「對不起，是我太急了，我會努力做好準備，等我那邊全部處理穩妥了，妳可不可以再給我見妳一面的機會？」

「妳怎麼處理，妳要處理什麼？」

「等我離完婚，自己能夠獨立了，有自己的根基了，我再來找妳。不……這期間我可以時常來看妳嗎？朵朵，媽媽求求妳，給媽媽一個機會，媽媽想補償妳。」

許昕朵已經不想再聊了，有趕穆母走的意思。

這個時候尹嫿從樓上走了下來，笑著說道：「朵朵媽媽來了？」

穆母快速調整狀態，但是哭過的樣子還是無法完全遮掩住，尹嫿當作沒看見。

尹嫿過來之後立即摸了摸許昕朵的頭，察覺到許昕朵的心情不太好，以此安慰：「今天上學累不累？」

「嗯，還好，只是肩膀痠疼。」

「正常的，不過這對妳有益處，多堅持堅持，我準備了妳愛吃的東西，先去吃飯。我約的老師會在兩個小時後過來，妳要趕緊吃完，不然沒辦法進行。」

許昕朵有些遲疑，看到尹嫿無所謂，還是起身去餐廳吃飯。

尹嫿對著穆母微笑：「朵朵腸胃不好，還經常經痛，我請了專門的老師定期來家裡來幫她調理身體。唉，沒幫您準備晚飯，實在抱歉。」

「沒事、沒事。」

「我也是怕朵朵和您一起吃飯會沒有胃口，都是為了孩子考慮，您不會怪我吧？」

穆母的表情一瞬間垮了。

尹嫿和穆母聊天，就像一隻優雅的狐狸，在欺負一隻小白兔。

兩位母親都是美麗的，且都常年保養，到了如今的年紀也不見什麼歲月的痕跡。

然而兩個人的氣質完全不同，尹嫿盛氣淩人，如濃郁芬芳的玫瑰花一般，美麗卻帶刺。

穆母則像是溫婉的鈴蘭花，柔柔弱弱，下意識垂著頭。

尹嫿還在微笑，問道：「您擔心什麼呢？怕我照顧不好朵朵？」

「不……我沒這個意思，只是覺得自己的孩子，還是留在身邊照顧比較好，也怕她給您添麻煩。」

「朵朵很乖，我很喜歡她，我把她當親女兒對待。朵朵似乎也沒感受過什麼母愛，稍微對她好一點她就會很感動，是一個非常柔軟的女孩子。」

這是穆母不知道的，她從未看過許昕朵感動的樣子。

是因為自己做得不夠好嗎？

她微微垂下頭，整個人頹然得不行。

她真的不是一個稱職的母親。

尹嫿繼續說道：「讓朵朵好好安靜一段時間吧，她在我這裡住得很好，我也會照顧好她。妳一直是這種唯唯諾諾的樣子，一直沒有什麼進步和改變的話，朵朵看到妳也只會生氣。」

「好，我知道了……」

「嗯，那就聊到這裡吧，有機會下次見。」

穆母看著尹嫿欲言又止，又想再看看許昕朵，可惜尹嫿不讓，直接送客。

穆母離開的途中，遇到剛到這裡的童延。

童延原本笑呵呵地往裡走，遇到穆母後笑容收斂，然而想到這位畢竟算是心上人的親生母親，還是對穆母點了點頭，接著越過她，快步進入別墅中。

童延進入家裡，看到尹嫿在客廳裡，送客後剛回來，於是問道：「她怎麼來了？」

「找朵朵的。」

「朵朵沒心軟吧？」

尹嫿搖了搖頭，隨之嘆氣：「不過，就算沒答應和她媽媽走，心裡也肯定不舒服，你安慰安慰。」

童延乖順地回答：「嗯，我知道了，妳就跟他們說我們朵朵住在這裡挺好的，讓他們別擔心，儘量少來。」

尹嫿突然想起什麼，壞笑一瞬間後收斂，拽著童延到一旁，神情突然嚴肅下來。

飆戲開始了。

童延也跟著嚴肅了起來，問：「怎麼了？」

「朵朵借住在我這裡確實有些說不過去，所以，我想要將她的撫養權要過來。」

「可以啊！」童延沒多想，立即同意了。

尹嫿點了點頭：「嗯，我還不知道朵朵是幾點出生的，不然不好判斷你是哥哥還是弟弟。」

童延這個時候才反應過來，表情瞬間變得很可怕，甚至有點慌張起來：「什麼意思？我和她成……成兄妹了？」

「也有可能是姐弟。」

「不不不！」童延連忙擺手，接著走到尹嫿面前扶著尹嫿的雙臂，說道，「媽媽，我覺得我們應該要冷靜一下！」

「我現在很冷靜，需要冷靜的是你。」

「撫養權確實需要爭取來，但是……不一定要是我的兄弟姐妹吧？」

「也可以找一個沒有孩子的人家掛上戶口，那樣也有可能是堂妹或者表妹。」

童延想了想後問：「這也算近親吧？」

「對。」

童延的腦袋都要炸了，有情人終成兄妹這種戲碼，居然出現在他和許昕朵身上？

他們即將成為異父異母的親兄妹？或者是姐弟？

開什麼玩笑！

童延慶幸這個時候已經意識到自己喜歡許昕朵了，不然，他八成就要同意這件事情，接著快快樂樂的跟許昕朵成了兄弟姐妹。

等他再意識到的時候，這段關係就成了不倫之戀了。

「這事……我不同意。」童延故作鎮定地說道。

「怎麼，怕朵朵爭搶你家產？」

「她想要我都給她！」

童延說的不是假的，許昕朵想要，他的東西全部都可以給她。他自己都可以洗得乾乾淨淨，隨便許昕朵怎麼要求，都會盡可能滿足。

尹嫿看到童延急成這個樣子就忍不住想笑，卻還是繼續壞心眼地問：「那為什麼啊？」

「事情……有點複雜。」

「哦……那這樣吧，我等你一年的時間，你給我一個合理解釋。如果我沒等到結果的話，你們就做兄妹吧。」

「……」童延開始在心裡盤算他一年之內能不能追到許昕朵。

他覺得有點難，他思前想後覺得，許昕朵確實是一個不好追的女孩子，他又不會追女孩子。他還怕被拒絕，一次都不敢表白了。

尹嫿等了一下子，見童延猶猶豫豫的有點生氣，於是說道：「那還是做兄妹吧。」

「別啊！一年，一年時間可以吧？」童延趕緊答應了。

「好。」

童延真的急了，連尹嫿都問：「我爸當年是怎麼追到妳的？」

尹嫿想了想後回答：「用四個字可以概括。」

童延認真地等待。

尹嫿說道：「強取豪奪。」

童延想了想這個方法用在許昕朵身上的可行性，於是問道：「效果還是可以的，至少你們終成眷屬了。」

「嗯，我們確實結婚了，不過感情不好。」

「當我沒問過，我去找我們家朵朵。」

尹嫿看著童延去找許昕朵了，心裡突然一陣不舒服。

這個傻小子怎麼這麼傻呢？

許昕朵真的和童延在一起，會不會受委屈？

要不然當一次邪惡的丈母娘吧，讓這小子早點死心，別禍害她女兒？

♫

童瑜凱每次來尹嬦的別墅，童瑜凱的助理都會特別通知家裡的傭人離開，那天晚上整棟別墅裡只會留下尹嬦一個人。

然而助理不會通知尹嬦，尹嬦看到房子裡空了，就知道童瑜凱要來了。

童瑜凱某方面比較沒有限度，可以從客廳做到餐廳，再把尹嬦扛回臥室。在一堆粉嫩嫩的裝飾品裡，也能興致盎然。

也不知道究竟誰才是「小公主」。

這次童瑜凱過來，也是同樣的操作。

此時童延已經回他自己那裡，童瑜凱還特地去看了童延一眼，聽童延彈了幾首鋼琴曲，大致了解一下課業情況後，就離開了。

童延不知道自己親爹的那些癖好，根本沒多想，他也不知道該怎麼解釋許昕朵的身分，就讓尹嬦解釋吧。

童瑜凱推開尹嬦別墅的門，走進門後獨自換鞋，將外套隨手搭在門口，一邊朝房子裡走一邊鬆領帶。

他看了手錶一眼，這個時間尹嬧應該在泡溫泉。

尹嬧別墅的地下一樓有一個溫泉，尹嬧每天都會去泡一泡。

他朝著地下一樓走過去，就看到尹嬧正披著浴巾，快步走上來，見到童瑜凱後立即一驚，她趕緊說道：「回房間去。」

童瑜凱不聽，走過去伸手環著尹嬧的腰，低下頭來吻她，許久都不鬆開。

尹嬧慌得不行。

她知道童瑜凱的習慣，家裡的傭人也知道，但是許昕朵不知道。

現在許昕朵一個人在房間裡寫作業，他們上樓肯定要路過許昕朵房間，如果被許昕朵看到什麼不三不四的畫面就不好了。

她只能推童瑜凱，然而完全不管用。

她和童瑜凱早年就是這種相處方式，她厭惡他，甚至恨他，卻還是不得不妥協於他。所以兩個人經常是在她不情不願的情況下進行的。

她的性格也是如此，總覺得男人好煩，不想跟童瑜凱親近。然而童瑜凱就像一條狗一樣，甩都甩不掉。

她越推，他越興奮，直接將她抱起來放在樓梯的扶手上繼續吻她。

她知道，這個男人要從這裡做到樓上去。

動作間碰倒了放在地面上的花盆，花盆順著樓梯滾落到地下一樓，發出一聲巨響。

尹嬧更著急了，乾脆咬童瑜凱的嘴唇，童瑜凱被咬得「嘖」了一聲，目光兇狠地看了尹嬧一眼。隨後解下領帶纏著尹嬧的嘴，在她的後腦勺打結的時候許昕朵走了下來。

兩個人都聽到了腳步聲，朝著樓梯那邊看過去。

許昕朵剛才出來過一趟，注意到別墅裡的傭人都不見了，尹嬧還在泡溫泉，想了想後還是回房間，等尹嬧出來再說。

之後聽到聲音，下樓來看看，結果看到這麼一幕。

尹嬧咬著領帶的時候死的心都有了，抬手就抽了童瑜凱一巴掌。

童瑜凱也是錯愕不已，他還不知道尹嬧家裡突然來了一個女孩子，先是一愣，接著就挨了一巴掌。

他看了看尹嬧，再看看許昕朵，還是解開領帶，隨手丟在一旁後脫下自己的外套，披在尹嬧的肩膀上。

許昕朵慌張得不行，她也是臉頰通紅，不知道童家父母居然玩得這麼……這麼……有情趣。

她此時都不知道要不要跟童瑜凱打招呼，見兩個人都在看自己，於是說道：「伯、伯、伯父好。」

童瑜凱沒理許昕朵，扭頭看向尹嫿問：「這個小結巴是誰？」

尹嫿沒好氣地說道：「我的私生女！」

童瑜凱冷笑：「妳就算在劇組我也會定期去見妳，好像沒見過懷孕的妳。」去見尹嫿，肯定不會是在夜裡談琴棋書畫，那種情況下尹嫿如果懷了二胎，他不可能不知道。

「反正就是我女兒。」

童瑜凱看向許昕朵問：「妳是娛樂圈的新人？還是哪家的女兒？」

許昕朵不好意思看那邊，她剛才依稀間好像看到童家父母在接吻。

她眼神躲閃地低頭回答：「我……是……童延的同學。」

「童延的女朋友？」

「不是！我們沒在一起。」

童瑜凱朝著許昕朵走過去，站在她身前問道：「為什麼住在這裡？」

這個身材高大的男人說話的時候聲音很低，是標準的低音炮。身上的氣勢逼人，給人一種無形的壓力。

在許昕朵的印象裡，童瑜凱是一個不苟言笑的爸爸，平時會戴眼鏡，長了一張禁欲臉，薄薄的嘴唇透著一股無情的感覺。

現在看來……是位不折不扣的斯文敗類。

許昕朵低聲回答：「我身體不好，伯母留我在這裡調理身體。」

童瑜凱顯然不信：「說謊，她不是好心腸的人。」

這點許昕朵不承認：「伯母人很好的。」

「我的妻子不用旁人來跟我介紹。」

「可是您根本不瞭解她，她就是很好！」

「……」

尹嫿見許昕朵鼓起勇氣反駁的樣子，突然大笑出聲，同時警告童瑜凱：「你別嚇到我女兒。」

許昕朵也不想多留了，對他們說道：「我先上樓了。」

童瑜凱看著許昕朵跑走，遲疑許久後回頭看向尹嫿問：「妳房子的隔音好嗎？」

尹嫿曾經期待童瑜凱能發現點什麼。

現在她覺得她想多了，童瑜凱作為父親，只能算是有個「職稱」而已。童瑜凱偶爾去看看兒子，關心也做到了，但是不太關注。

童瑜凱關注的人只有尹嫿一個。

如果尹嫿現在問童瑜凱，童延有什麼習慣性的小舉動嗎，童瑜凱肯定答不上來。

想讓童瑜凱發現兩個孩子的不對勁，難，比登天都難。她如果跟童瑜凱說了，大概還會被童瑜凱介紹什麼叫常識。

尹嫿無奈地上了樓梯，朝著房間走。

「我幫妳房子裝個電梯吧？」童瑜凱突然提議，怕尹嫿覺得上樓梯累。

他們的房子都很舊了，住了十幾年，當時電梯還不太普及。

尹嫿直接拒接：「不用。」

♫

許昕朵一早還是和童家父母一起吃早餐，氣氛有點尷尬。

這家人的習慣很統一，如果沒有什麼重要的事情，吃飯的時候都是一句話不會說。

家裡依舊是一個傭人都沒有的狀態，許昕朵左右看了看，不知道要不要幫忙洗碗。正思考著，就發現尹嫿在看她。

她放下的餐具擦了擦嘴說道：「我吃好了。」

尹嫿問她：「還合胃口嗎？」

早餐是簡單的三明治，味道也還可以，沒有多突出，也沒有很難吃。

許昕朵微笑著回答：「挺好的。」

「嗯，早餐是妳爸爸親手做的，還帶了一份給妳。」

「哦……謝謝伯父。」

童瑜凱停下動作看向尹嫿，再看看許昕朵，覺得這稱呼有點亂。

尹嫿沒理童瑜凱，說道：「吃完就去上學吧，別遲到了。」

「嗯，好。」

許昕朵正要起身，就看到童瑜凱往她的面前放了一張卡，說道：「妳住在這裡時的零用錢從這個卡裡刷，密碼是……她的生日。」

童瑜凱被家裡的稱呼繞暈了，最後只能稱呼尹嫿為她。

許昕朵有點遲疑，卻看到尹嫿擺手：「拿走拿走。」

許昕朵還是收了，快步離開去收拾上學。

等許昕朵走開了，尹嫿問童瑜凱：「你就不好奇這個小女生嗎？」

他們昨天一整夜都在忙碌，沒有時間聊天，尹嫿還是剛有時間跟童瑜凱聊這個。

「妳步入中年寂寞了？」童瑜凱試探性地問。

尹嫿的表情逐漸猙獰。

童瑜凱怕了，又問：「她是……童養媳？」

尹嫿直接扔餐具不回答。

童瑜凱湊過去抱著尹嫿哄她，乖順地叫了一句：「姐？」

尹嫿白了他一眼，才問道：「如果她做你兒媳婦，你願意嗎？」

童瑜凱想了想後回答：「長得可以，但是家庭背景太差。而且，她也沒有足以彌補家室背景的優點，我還是會猶豫。」

「你兒子喜歡。」

「他喜歡有個屁用？」

「我也喜歡。」

童瑜凱稍作遲疑後嘆氣說道：「那我再考慮一下。」

♫

許昕朵到了教室裡，就被安排上午進行體檢，男女生分開，分批去。

現今學校非常重視學生的身心健康，像嘉華國際學校每年就有兩次體檢，夏季體檢比較全面，冬季體檢會少幾項。

火箭班肯定是第一批進行體檢的，分為男生和女生，分頭進行檢查。

許昕朵站隊伍裡的時候發現這次個子高的女生排在排尾，她也沒在意，站在排尾看到婁栩在自己身前蹦蹦跳跳的，覺得很有意思。

婁栩個子也挺高的，但是不算排尾，特地和同學換了一個位置站在許昕朵前面，排隊等候的時候抱著許昕朵不鬆手：「啊啊啊，冬季體檢要驗血的！說明天要空腹來，我們學校人多，體檢要持續兩天。」

「抽的多嗎？」許昕朵問。

「兩小管。」婁栩還是不高興，害怕得不行，「就基礎的B肝抗體、血糖血脂這些，順便查查微量元素，看看需不需要補鈣什麼的。」

體檢分成幾個辦公室，許昕朵她們去辦公室門口排隊的時候，普通一班的女生正好接在許昕朵身後。

一班的隊伍裡有些人知道許昕朵，很多人在偷看許昕朵，一方面是因為漂亮，另一方面是因為許昕朵是童延的緋聞女友。

她們的隊伍路過國際四班的門口，國際四班學生正在早自習，教室裡還有沒有人動。畢竟國際班都是在普通班後面才開始行動的，此時還沒有開始。

教室和走廊的牆壁中間，有一排窗戶，班導師經常喜歡站在這個位置往裡面看。

許昕朵站在窗戶位置的時候，國際四班很多人都在往許昕朵這邊看，接著有人告訴了童延。

沒多久，童延走到窗戶這邊，把原來坐在這裡的學生趕走，手臂搭在窗臺上看著許昕朵。

在這裡排隊的都是女生，不乏童延的迷妹，看到童延出現在窗戶前都興奮了，偷偷朝童延看過去。

緊接著，就看到童延對著玻璃哈氣，哈了一片之後在玻璃上畫了一個心。

這個心的位置正對著許昕朵，許昕朵扭頭就可以看到。

婁栩看到的一瞬間興奮到不行，明明這個心不是畫給她的，但是她是目擊者啊！她回頭拚命對許昕朵說：「我的天，童延好撩啊。」

許昕朵也忍不住笑了起來，看到童延從霧氣一側探出頭來朝她看過來，用口型對童延說了一句幼稚。

童延也不管，在窗子裡看著她微笑，居然引來一陣驚呼聲。

童延在學校裡很少笑，至少對陌生人從來不笑，這還是這群女生第一次看到童延這個樣子。

模樣溫和，眼中似乎含著星光，眼眸彎彎的。

許昕朵左右看了看，才湊過去對著那個玻璃哈氣，接著也畫了一個心，又在心上打了一個大大的「×」。

童延看著這個「×」直撇嘴。

這個時候，童延那邊又有人湊過來哈氣了，接著快速畫了一坨便便。

婁栩探頭去看，看到童延伸手把魏嵐推走了，顯然這個便便是魏嵐畫的。

許昕朵的隊伍繼續往前，到了班級後門的位置，童延從教室裡面打開後門，坐在後門問許昕朵：「冷不冷？」

為了體檢方便，很多人都穿得很少，許昕朵已經比其他人多穿一件毛衣外套了。

許昕朵回答：「不冷啊，這是室內。」

童延伸手拉住許昕朵的手，摸了摸她的指尖，總是涼涼的。

童延握著許昕朵的手幫她暖手，同時小聲問：「昨天我爸回來了。」

「嗯，我嚇了一跳。」許昕朵為了小聲說話，刻意俯下身回答。

他們因為熟悉，完全沒當回事。

然而在旁邊排隊的女生，平白被閃瞎了眼。

她們只是來這裡排隊體檢的！

她們先是看到童延和許昕朵隔著窗戶對話，接著看到這兩位公然放閃。

你看看這牽手牽得這個自然，你看看說話的時候湊得這個近，這還不是談戀愛嗎？

尤其是這種帥哥美女的組合，實在讓人看到後心中狂產檸檬。

童延抬起頭來看著許昕朵，完美到無可挑剔的側臉以及完美的下顎線呈現出來，脖頸上的刺青有一部分被埋在白色襯衫的領口裡。

他看著許昕朵的時候會不自覺地微笑，聲音很小，模樣特別溫柔。

婁栩捂著嘴看了這個畫面一陣子，突然覺得此生無憾了，接著拿出手機拍一張相片。拍攝第二張的時候兩個人都注意到她，同時看向她。

鏡頭裡，兩個人的手還牽在一起，他們有著同樣強大的氣質，同樣是那種又帥又灑脫的風格。

隨後，童延伸手對婁栩說到：「手機給我。」

婁栩只能乖乖地將手機交給童延。

童延看了看相片後居然沒要求婁栩刪，而是說道：「原圖傳給我，妳是不是沒有我的好友？要不然妳傳給魏嵐吧。」

「好的！」婁栩立即同意。

隊伍繼續向前，許昕朵漸漸走遠了。

童延探頭看了一陣子，伸手將後門關上，門內還有魏嵐的聲音：「喂！我還打算等一下看看高一有沒有可愛的小學妹呢！」

「太吵了，關門。」童延說完走回座位去，也不知道剛才刻意挪開東西開門的人是誰。

為了體檢，學校的課間操都停了，很多班級的課程都做了微調。

許昕朵所在的火箭班上午就檢查完了，只差明天的驗血了。結束的時候是上午第四節課，還有十幾分鐘就要午休了。

正往回走的時候，需要穿過一排男生的隊伍。

這種場合總是有起鬨的人，許昕朵護著婁栩往回走的時候，聽到有人叫她：「許昕朵，過來。」

這個聲音她很熟悉，許昕朵停下來回頭看了看，看到是童延後拉著婁栩走過去問：「有事？」

童延伸手拿過許昕朵手裡的體檢單子，大致看了一眼後問：「妳的腰圍有點誇張吧？」

許昕朵還沒看過資料，湊過去跟著看：「怎麼了？胖了？」

「妳身高一百七十五，腰圍五十七？」

許昕朵疑惑地問：「我是胖還是瘦啊？」

許昕朵的體重目前是五十四公斤。

在許多人的觀念裡，女孩子的體重超過五十公斤就是胖了，也不管妳的身高多少。許昕朵對體重也不是很懂，知道自己以後要當模特兒，也不知道這個體重合格不合格。

童延看著許昕朵有點無奈，伸手捏她的臉頰：「我怎麼就餵不胖妳呢？」

許昕朵拿回單子，自己低頭看了看。

童延對婁栩說道：「婁栩，妳告訴她正常的腰圍應該多少。」

婁栩覺得自己躺槍了，這種情況下報數據就和公開示眾似的，她故作鎮定地回答：「我五十！」

回答完引來魏嵐一陣笑，婁栩瞪了魏嵐好幾眼。

好吧，她六十五。

童延瞥了婁栩一眼後沒說什麼，繼續跟許昕朵說：「妳這個身高和骨架，要超過六十才算是正常吧。」

許昕朵拿來童延的體檢單看了一眼，接著看童延指著體重說：「你自己看看你的體重，還好意思說我？皮包骨小骨架。」

童延不服：「我什麼身材妳不知道嗎？」

這句話說完，魏嵐趕緊推著童延往前走，拚命咳嗽。

童延和許昕朵這才反應過來，許昕朵將童延的體檢單還回去後，拉著婁栩繼續走。

婁栩看著許昕朵耳垂通紅的模樣，忍不住小聲問：「你們發展得……這麼順利？」

許昕朵立即反駁：「沒有！」

婁栩拿著手機傳相片給許昕朵，接著說道：「都這樣了還不談戀愛，缺德。」

許昕朵十分不解：「不談戀愛就是缺德？」

「對啊，兩個顏值巔峰搞曖昧，妳占著他，他占著妳，你們就是不在一起，是不是資源浪費？只要你們分開一點，有了一點關係不好的跡象，追妳的和追他的人不會斷的，妳信不信？」

許昕朵小聲反駁：「我沒占著他。」

婁栩又拿起手機給她看相片：「牽著手曖昧不清，要麼他渣男，要麼妳渣女，要麼你們都缺德。妳看妳選哪個吧。」

「歪理邪說。」

「我覺得童延就是在和妳搞曖昧，他是不是想要逼妳表白呢？」

「不可能，他如果喜歡我，我不可能不知道。」

「……」婁栩看著許昕朵，忍不住腹誹，妳就是不知道啊！

她們兩個回到教室看到一群女生聚在一起選禮服，李辛檸就在其中，似乎是在幫李辛檸選。

婁栩看了一眼後，小聲跟許昕朵說：「沈築杭馬上就要過生日了，李辛檸應該是想要豔壓一把。」

許昕朵不解：「沈築杭的未婚妻是穆傾瑤，她為什麼這麼準備？而且，穆傾瑤似乎已經聽到他們的議論聲了，表情不太好看。」

婁老師的小課堂又開課了，她拉著許昕朵到外面的走廊，坐在樓梯間跟許昕朵聊這件事情：「上次穆傾瑤和顧爵曖昧的事情，李辛檸心裡憋著氣呢，大概是想要回擊。」

許昕朵聽完一副地鐵老爺爺看手機的困惑表情，疑惑地問：「可是，顧爵也不是李辛檸的男朋友啊。」

「李辛檸那個性格就是這樣，明明她和顧爵都要在一起了，穆傾瑤出來搗亂，李辛檸心裡不舒服就想回擊，這就是綠茶和綠茶之間的較量，誰也不服誰。李辛檸和沈築杭的關係一直保持著原來的狀態，穆傾瑤也知道，現在完全管不了，也沒底氣管。」

許昕朵真的搞不懂女人們的戰爭，也不知道是不是因為她和童延互換久了，身邊也多是男孩子，行事方式多了幾分男孩子氣，才會不懂這些小心思？

她拄著下巴思考一下，問：「她們不會打起來吧？」

婁栩搖了搖手指，一臉的深沉說道：「NONONO，打架是男孩子的解決方式，女孩子的解決方式更多樣化，而且，不明目張膽。」

「看她過得不好，我也就開心了。」許昕朵突然冷笑了一聲。

婁栩跟著說道：「穆傾瑤和李辛檸早就互看不順眼了，也是兩個人都不是什麼好人，看著她們互相咬也挺有意思。所以，穆傾瑤那麼對妳也不是意外，她就是那種人，我總覺得她只是暫時老實一陣子，說不定是憋著壞水呢。一個是妳，一個是李辛檸，她都在心裡恨著呢。」

許昕朵也覺得煩：「不怕招惹君子，就怕被小人記恨。」

「對，尤其妳現在過得這麼好，穆傾瑤肯定恨得牙癢癢呢。」

「唉。」

本不想為敵，奈何關係尷尬。

但是如果她們不老實，許昕朵也不會一直受欺負，畢竟許昕朵也不算是好人。

♫

沈築杭的生日會在十二月中旬，那天許昕朵他們都沒去，畢竟最近沈築杭的人緣有點臭。

只有婁栩因為兩家有交情在，不得不去了。

婁栩去的時候還興致勃勃的，想著李辛檸說不定會搞什麼事情，結果這位一直老老實實，什麼都沒做，就跟普通同學一樣。

沈築杭也是一樣，生日會會來很多人，還有兩家的家長在，沈築杭的表現很得體，和穆傾瑤全程結伴。

在這種場合，穆傾瑤的表現還是十分得體的，畢竟也是從小被教育長大的，為人處世都可以，人也落落大方。她全程笑容滿面，和沈築杭挽手一起迎賓，還和沈築杭一起跳舞。

這一次的生日會，肯定是他們兩個人跳開場舞。

婁栩看得直打哈欠，主要是來賓裡除了穆傾亦外，就沒有帥哥了，邵清和都沒有來。穆傾亦在走個過場後離開了，她一個人坐在角落裡，真的是一點意思都沒有。

她傳訊和許昕朵息抱怨後也跟著離開了。

所以，婁栩自然不知道之後發生的事情。

穆傾瑤覺得有點累，坐在休息室裡休息，沈築杭走進來換衣服，看到穆傾瑤也在這裡，拿著衣服去了裡間。

他們兩個人是情侶，平時根本沒有避諱過，這個時候沈築杭倒是開始避嫌了。

穆傾瑤心裡有點不舒服，卻也沒發作。

沈築杭走出來，冷淡地說道：「妳要是累了就在這裡休息吧，我出去。」

穆傾瑤叫住沈築杭，從包裡拿出兩個隱形ＯＫ繃，蹲在沈築杭身前幫他脫鞋，說道：「新鞋子都磨腳，我幫你貼個東西。」

沈築杭低頭看著穆傾瑤，並沒有拒絕，讓她幫自己貼完後，他轉身準備走出去。

穆傾瑤突然從沈築杭的身後抱住他的腰：「別生氣了好嗎？我把手機裡所有男生的帳號都刪掉了，我再也不聯繫他們了。」

沈築杭的動作稍作停頓，表情有點厭煩，卻還是說道：「我們還是會結婚的，妳放心吧。」

「可是我不希望你生我的氣，我們像以前那樣好嗎？」

「嗯，等過兩天我們再聊吧，現在還有事情要忙。」

穆傾瑤不得不鬆開手，任由沈築杭走出去。

沈築杭在外面和父母說話的時候，看到沈母到處亂看，隨後問：「許昕朵沒來？」

「我聽說她搬出穆家了，和穆家沒有來往了。」

沈母還挺意外的：「怎麼，不做養女了？」

「嗯，許昕朵和童家的關係不錯。」

「對，上次還和尹嫿在一起。」

沈築杭要走，突然聽到沈母問他：「你覺得許昕朵怎麼樣？」

「我和她不和。」

「那不是問題，我看你最近和瑤瑤面和心不和的，就知道你們兩個人關係不太好。」

沈築杭低下頭，思量了一下問：「那李辛檸……」

「她家裡的業務和我們家完全沒有交集，一點都幫不上忙，你就別惦記她了。」

「您看上許昕朵了？」

「我最近總是心裡不舒服，想著尹嫿都能看上的，肯定是很優秀的。我打聽了，許昕朵和童家小子沒有交往……」

沈築杭立即搖頭說道：「您別想了，太扯了。」

沈築杭想到自己曾經跟許昕朵叫囂，說他們之間根本不可能，就覺得很丟人。

尤其是想起許昕朵那眼高於頂樣子，童延至今都沒追上，他就更不可能了。李辛檸他還能想想，但是許昕朵，大概一點可能都沒有。

從許昕朵看他的眼神就知道，許昕朵看不上他，甚至還挺厭惡的。

明明是很窩火的感觸，他又不得不承認，剛開始還覺得許昕朵上不了檯面，是個養女。現在漸漸的，他都開始承認穆傾瑤遠不如許昕朵了。

每次想起來都覺得很氣，後來乾脆不去想，畢業後大概就見不到他們了。

生日會結束後，沈築杭送穆傾瑤回去，正準備回家的時候收到李辛檸的訊息：『我還沒走，你還回來嗎？』

沈築杭看到消息不由得一愣，立即乘車回生日會的會場。

生日會結束後，這裡一片狼藉，工作人員明天才會收拾會場，畢竟沈家自帶的東西還沒有完全拿走。等拿走了，才可以收拾。

沈築杭在一片狼藉裡尋找，最後看到李辛檸蹲在角落等他。

她抬頭看向沈築杭，委屈地問：「為什麼生日會剛結束就關了暖氣啊？好冷。」

沈築杭走過來站在她身前，無奈地問：「誰知道會有笨蛋留在這裡不走？」

李辛檸輕哼了一聲，接著說道：「之前大家都在，我不想給你添麻煩，都不敢跟你說話，所以才留在這裡等你的。」

沈築杭走過去，脫掉自己的外套披在李辛檸的肩膀上，無奈地說道：「妳沒必要等我，我肯定要送瑤瑤。」

李辛檸突然生氣了，高聲吼道：「我知道，你不用故意提醒我！」

「我送妳回家？」

「我想和你跳一支舞，好嗎？畢竟是你生日，之前不能做你的舞伴，只想現在實現一下這個想法。」

沈築杭猶豫了一下，還是起身親自調整設備。

音樂播放後從第一個曲子開始的，這是今晚開場舞的音樂。

李辛檸走過來，等待沈築杭邀請她。

沈箖杭伸手拉著李辛檸的手，和李辛檸一起跳舞。

李辛檸今天的禮服很好看，白色的禮服，裙子上鑲嵌著碎鑽，走路的時候閃閃發亮。

她本來就長得不錯，在學校裡還是班花，至少比穆傾瑤要好看一些，不過沒有許昕朵那麼驚豔。

這樣的女孩子稍作打扮後，讓人心曠神怡。

沈箖杭扶著她的腰，和她對視的時候不由自主地心跳加速。

李辛檸一直笑盈盈的，似乎能和他一起跳舞非常開心，兩個人的配合也很好，根本不像是第一次合作。

一支舞跳完，李辛檸突然鬆開沈箖杭，在他嘴唇上快速親了一下，接著扭頭就跑。

沈箖杭詫異地看著李辛檸跑遠，還是跟著走了過去，在儲物間遇到拿著外套走出來的李辛檸。

「我送妳回去。」沈箖杭也穿上外套，伸手拉住她的手，帶著她朝外走。

李辛檸很慌張，卻沒鬆開沈箖杭的手，跟著沈箖杭走。

沈箖杭將李辛檸送到家門口，兩個人一起下了車，李辛檸看著沈箖杭猶猶豫豫地說道：

「那我回去了……」

「嗯。」

李辛檸走了沒兩步，沈築杭突然追過來，拉著她轉過身，捧著她的臉頰吻了上去。久久的一個吻，難捨難分。

分開後李辛檸和沈築杭道別，回到家裡。

開門時，臉上的笑容再也忍不住了，嘲諷道：「小婊子和我玩，妳嫩得很，我看你們的婚約還是算了吧。」

♫

許昕朵週四晚上去看了許奶奶，但是依舊不敢說自己已經搬出穆家的事情。在許奶奶的觀念裡，穆家是許昕朵的親生父母，在親生父母身邊她才能放心，就算被家裡撫養也是理直氣壯。

許昕朵不敢說自己的委屈，不敢說自己已經搬出來，正在為賺錢而奔波，不然許奶奶一定會擔心。

許奶奶就是這樣，不明說，但是跟著著急。

每次許昕朵身體不好生病，都能看到許奶奶跟著上火到嘴角起泡疹。許昕朵瞭解許奶奶，只能裝成什麼事情都沒有的樣子。

許奶奶年紀大了，知道這些沒有什麼用處，還會埋怨自己幫不上許昕朵。其實相比之下，許昕朵當然是喜歡和許奶奶一起生活，只是實在沒有辦法。

她走出養老院，看到童延在等她。

她走過去問童延：「你要去看看奶奶嗎？」

「算了，這個時間奶奶要睡覺了，而且我昨天來看過。」童延說著，在許昕朵身邊陪著她往回走。

回去的路上許昕朵有點沉默，靠著椅背不說話。

童延伸手拉住許昕朵的手，安慰道：「行啦，妳已經很厲害了，才這麼小就已經開始自己賺錢了。別著急，慢慢來。」

許昕朵心裡想著婁栩的話，好似不經意地將自己的手抽回來，盡可能不跟童延這麼曖昧，隨後說道：「等一個月後就好了，我就可以接工作了。」

童延看著許昕朵將手抽走，心裡有點不舒服，於是無精打采地回答：「哦，那你們的培訓挺速成啊。」

「是我著急。」

童延也不知道說什麼好，從許昕朵把手抽走後就不太高興。

司機將車開到童延的別墅後，童延拽著許昕朵下車，許昕朵十分疑惑，說道：「我要去媽媽那裡。」

「妳陪我一下不行嗎？」童延回過身來看向她問。

「你怎麼了？還需要人陪？」

「陪我遛個狗也行啊，COCO 和我這個身體並不熟，COCO 也想妳了。」

「讓她們來我這裡做。而且，媽媽預約了老師過來，我要趕緊回去。」

「童延，你怎麼越來越無理取鬧了呢？情緒陰晴不定的。」

童延委屈得不行，他只是想和許昕朵一起待一下子。

許昕朵揹著包，扭頭朝著尹嫿的別墅走，打算步行回去。

童延立即叫住她，說去叫 COCO。

之後說兩個人遛狗的同時一起去尹嫿那裡，許昕朵才同意。然而一起遛狗的時候誰也不說話，只是悶頭走，氣氛微妙得不行。

回去的路上開始下雪，雪花簌簌下落，輕軟飄盪，剛剛開始下就已經是巨大的雪花了。

童延牽著狗繩表情嚴肅，還是走到許昕朵身邊抬手幫她拉上帽子，接著繼續悶頭遛狗。

許昕朵側頭看了童延一眼，對童延說：「我吃過飯了，和奶奶一起吃的，直接上樓做護理，你……」

童延沒好氣地回答：「放心吧，我自己死不了。」

只是會不高興而已。

結果許昕朵真的上樓了，留下童延一個人站在雪裡和 COCO 相依為命。

童延看著門口沉默了一陣子，牽著 COCO 往回走，走著走著乾脆蹲在一旁看著 COCO。雪花落在童延的頭髮上，晶瑩且潔白，讓他降了些許銳氣。

落在臉頰上的雪花很快融化，涼涼的。

他和 COCO 對視一下後開始和狗對話：「你覺得爸爸陰晴不定嗎？我只是喜歡她，想她陪我，她不陪我，我才不高興的，我錯了嗎？」

COCO 坐得特別端正，一臉純真地看著童延，不太理解童延說什麼。

就算聽不懂，COCO 依舊聽得認認真真的。

童延繼續說：「爸爸想給你找一個媽媽，就是剛才的那位，但是爸爸不敢表白，怕挨打。」

「你媽媽太直了，完全撩不動，看不懂暗示似的，她是不是缺根筋？」

「你說我喜歡她什麼呢？」

「爸爸以前沒這樣啊，爸爸以前每天都很開心的，喜歡她以後爸爸天天不開心。」

「嗯，她一天不跟爸爸在一起，爸爸就一天不開心。爸爸要是一年內追不到，你媽媽就要變成爸爸的妹妹，你的姑姑了。唉，我太難了……」

「喜歡一個人怎麼這麼難啊？」

COCO 終於做出回應：「汪！」

童延看著 COCO，很快問道：「你在鼓勵爸爸對不對？」

COCO：「汪！」

童延摸了摸 COCO 的頭：「爸爸沒白養你，你汪一聲爸爸就能追到，你汪兩聲爸爸就追不到，來。」

「汪汪！」

「……」

「汪汪！」

「算了這狗我不要了。」童延把狗繩一丟，起身往回走。

COCO 自己叼著狗繩跟在童延身後，自己遛自己，步伐依舊歡樂。

♫

星期五，嘉華國際學校的體檢徹底結束了，卻因為大雪的原因，課間操時間隊伍集合後的內容由廣播操改成了跑操場。

學校裡學生多，跑操場是班級連著班級，還分大小圈。

這個時候不公平就體現出來了，因為學校規定無論是大圈還是小圈，都是跑兩圈。

許昕朵探頭看了一眼，發現國際班就是跑小圈，他們普通班和火箭班都是跑大圈。

火箭班們的學生叫苦不迭，卻也只能忍著。

兩圈跑步完畢，隊伍在操場集合後，主任站在升旗臺上宣布：「接下來，全校進行打雪仗遊戲。」

操場內立即一陣歡呼。

童延聽到這個消息後下意識蹙眉，隊伍解散後帶著魏嵐和蘇威滿操場找許昕朵。許昕朵怕冷，被雪團砸肯定受不住。

明明昨天還在生許昕朵的氣，今天又要主動過去找她，護著她。

唉，童延發現，他現在的原則只有三個字而已：許昕朵。

都由著她。

他們三個走在一起，就跟自帶保護罩似的，根本就沒有人敢丟他們。

童延暢通無阻地走到了火箭班附近，看到許昕朵正和婁栩一起躲避攻擊，童延說了一句：

「還不過來？」

許昕朵立即朝著童延跑過去，站在童延身邊就安全了。

童延抬手幫她拍了拍頭頂的雪，接著沉聲說道：「走，我送妳回教學大樓。」

婁栩樂呵呵地跟著他們一起走。

即將進入教學大樓的時候許昕朵看到一個人，原本沒能認出來那個幾乎被雪糊了一層的人究竟是誰，但是聽到聲音就認出來了，是劉雅婷。

許昕朵立即朝著劉雅婷走過去，幫劉雅婷擋住幾個攻擊過來的雪團，同時幫她拍掉頭上和衣領裡的雪。

劉雅婷站在原地被雪攻擊得不知所措，任由許昕朵幫她整理，終於恢復視線後看到是許昕朵不由得一愣。

接著她聽到許昕朵問她：「誰幹的？」

劉雅婷都被攻擊傻了，她平時脾氣大，不過也是大大咧咧的女孩子，很多男生願意和她鬧。今天這群男生真的有點過分，幾個男生一起圍攻她，她都跑到門口了也不放過她。

劉雅婷指著不遠處的幾個男生，說道：「就是他們幾個。」

許昕朵冷冷地回頭看了一眼，接著對童延他們說道：「走，埋了他們。」

童延本來不想管，但是許昕朵開口了，他們也就跟著許昕朵一起過去。

童延不想讓許昕朵碰雪，然而攔不住許昕朵，只能找人借了一副手套給許昕朵。

接著，劉雅婷看到許昕朵他們真的把那幾個男生用雪埋了，頗為解氣，還跑過去跟著捧雪，一起「添磚加瓦」。

埋了幾個男生後許昕朵脫下手套的同時走過去問劉雅婷：「冷不冷？」

劉雅婷的手都凍紅了，嘟囔著回答：「凍手。」

許昕朵遲疑了一下，捧著劉雅婷的雙手對著劉雅婷的雙手哈氣，弄得劉雅婷老臉一紅。明明不太喜歡許昕朵，卻也沒拒絕她。

童延站在一旁看著竟然有點羨慕，也跟著伸過手，對許昕朵說道：「我也凍手。」

許昕朵直接將手套給童延：「戴上吧。」

童延：「……」

第十九章　我的影子

童延幫許昕朵打完雪仗後，就看著許昕朵左邊跟著婁栩，右邊跟著劉雅婷，在他面前走進教學大樓。

他的手裡只有還沾著雪的手套。

這是怎麼回事？

童延悶頭跟在三個女生身後，看到她們在高二樓層分開，許昕朵和婁栩去火箭班，劉雅婷則是去國際班。

童延看著許昕朵離開的時候，都不知道跟他打個招呼，忍不住翻了一個白眼。

他沒往自己的班級走，在分開的地方的欄杆邊站著，拿著手機傳訊息給許昕朵，想要跟許昕朵抱怨。

第一次打字：『爺幫妳打完雪仗，妳扭頭就跟別的妞跑了？』

打完覺得措辭不太對，語氣也不太友好，盡顯他的國文功底不好，想了想後刪了。

第二次打字：『妳最近有點沒禮貌啊，走了都不跟我打招呼？』

想了想又刪了，這麼說許昕朵肯定反過來罵他。

第三次打字：『人家的手指凍得打字都吃力了呢，嚶嚶嚶。』

他看著這次的訊息，思量著要不要把「人家」換成「老子」，以此來彰顯自己的男子氣概。

這個時候李辛檸走上樓來，看到童延後立即驚呼了一聲：「童延，你的手怎麼凍得那麼紅啊！」

童延正思考怎麼傳訊息，被李辛檸這一嗓子嚇得手機差點掉下去。他抬眼看向李辛檸，不知道這傢伙要幹什麼，沒回答。

李辛檸快步走過來，似乎想伸手碰碰童延的手，最後還是收了回去，十分為難地嘆氣：「唉，你都這樣了許昕朵都不知道關心你一下嗎？如果你是我的男朋友，我絕對不會放著不管的，我看著都心疼了。」

童延繼續研究怎麼傳訊息，同時回答：「妳想太多了。」

李辛檸沒懂：「嗯？」

「不會有那種如果。」

魏嵐在一旁等著，聽到李辛檸的話後真心佩服，這綠茶得爐火純青啊。結果碰到童延這位百毒不侵的完全無用，他沒忍住笑了，「噗哧」一聲像是用嘴放了個屁。蘇威則是一臉不解，不明白魏嵐在笑什麼。

李辛檸的表情有點尷尬，愣了半天沒動。

童延見她不走，覺得她可能是沒聽懂，於是說道：「我聽到妳的聲音就煩，以後少跟我說話。」

李辛檸的聲音很甜，甜到有點膩。

怎麼形容呢，就是遊戲裡男人開了變聲器後，偽裝蘿莉音的聲音。標準的蘿莉音很好聽，但是這種變調的蘿莉音不好聽。

童延總覺得李辛檸捏著嗓子說話，像後宮尖酸刻薄的老太監，聽著就覺得腦袋疼。被李辛檸追求的那段時間，真的讓童延煩到不行。

李辛檸沒再說話，低頭朝著火箭班走，心裡氣到不行。

走到半路看到許昕朵從火箭班走回來，剛好和她擦肩而過。然而許昕朵完全沒有看她，直接走向童延。

李辛檸回頭看過去，看到原本眉頭緊蹙的童延在見到許昕朵的瞬間，眉頭展開了，眼波裡隱隱的還泛起了柔軟來，這是她從未感受過的。

在那一瞬間李辛檸只有一個想法，童延果然和沈築杭不一樣，被童延寶貝著，許昕朵怎麼可能看得上沈築杭？虧穆傾瑤還曾經覺得許昕朵覬覦沈築杭。

她嫉妒得不行。

她喜歡過童延。

許昕朵拿著一個暖手器給了童延：「這個是我用的，像抱枕一樣，可以把手伸進去。暖手器是在棉絮裡面，不會燙手，只會覺得空隙裡面很暖和，你試試。」

童延本來還要傳訊息抱怨，見許昕朵居然回來了，立即忘記生氣。他故作鎮定地將手機收起來，拿來暖手器抱枕看了看，還有點嫌棄似的：「這個圖案太幼稚了。」

「暖和就行了唄。」許昕朵說完，伸手拉來童延的手指看了看，說道，「覺得癢嗎？」

「不癢，只是現在有點熱。」

「我幫你塗點藥膏。」許昕朵在凍傷方面一直非常防範，活血化瘀的藥膏和凍傷膏，都是常年帶著的。

許昕朵從口袋裡拿出藥膏，擠出一點，一點一點地塗在童延的手上。

他低下頭看著兩個人的手指握在一起，她揉著他的指尖，就控制不住自己的嘴角，忍不住上揚。

這下子算是徹底消氣了。

然而他笑了不到一分鐘，就看到許昕朵又伸手去看魏嵐的指尖，同時問：「你的手……」

童延一把拍開魏嵐的手，說道：「他的手沒事，藥膏給我，他們自己會塗。」

另外一邊蘇威的手都伸過來了，聽到童延這麼說後又默默地收回去，並且慶幸自己沒有被拍手。

許昕朵點了點頭說道：「嗯，那就好，注意點別凍傷了。」

說完轉身跑回火箭班。

童延將藥膏給魏嵐，魏嵐拿著藥膏嘟囔：「碰了一下子雪而已，應該不用塗藥，不至於，我們童延哥哥最近真的是越來越嬌貴了。」

童延得意地回答：「我只是有人疼而已。」

魏嵐都看不下去了：「啊……看不下去了。」

蘇威嘆氣：「戀愛會讓人變騷嗎？」

魏嵐糾正：「是單戀。」

童延丟給魏嵐一個眼刀。

♫

嘉華國際學校每年都會在耶誕節準備聯歡會。

一般來講，元旦已經放假了，他們乾脆就在耶誕節這天開聯歡會，名字為雙旦聯歡會。

當然也有小心思：我們的耶誕節不放假，你們都要留在學校。但是我們有聯歡會，你們不能抗議，嘻嘻。

婁栩這些天都在準備聯歡會的節目，她是學校街舞班舞蹈的中間位。

說實在的，婁栩真的是一個很厲害的女生。成績不錯，長得也很漂亮，性格大大咧咧的彷佛沒有什麼需要煩惱的事情。

同時能歌善舞，在KTV裡是麥霸，只要她在就不要妄想有她不會唱的歌，歌你隨便點，唱不上來算我輸。

在跳舞方面更是看兩遍舞蹈，就能學會了，跳舞的能力也不錯。

婁栩經常說，她以後沒有什麼太大的理想，到時候就進娛樂圈追星去，她自己幫自己砸錢，不為了多出名，只想和自己的偶像合作。等她覺得沒意思了，對偶像幻滅了，就回家繼承家業。

她家裡只有她這麼一個孩子，寵得厲害。

沒有婁栩陪著，許昕朵下課時沒有事情做，最近也不去上課參加比賽了，就在教室裡做手工。一到自習課時間，她滿桌子都是手工用的東西，沒有一本書。

這位學神的讀書狀態，也是讓火箭班的學霸們瞠目結舌。

終於在平安夜這天，許昕朵的手工全部做完了，還特地插上電試了試。

剛好這個時候邵清和從興趣班回來，跟著看了一眼後忍不住感嘆：「哇，好厲害。」

許昕朵也是第一次嘗試做這些東西，問邵清和：「我這次的禮物拿得出手吧？」

「嗯……可惜顯然不是送給我的。」

「肯定啊，你的餅乾早就給你了，第一份耶誕禮物呢。」許昕朵說完，忍不住嘟囔，「十二月還沒幾天呢，就耶誕禮物了，那種動態你也發得出來。」

邵清和聽完忍不住笑，接著看著許昕朵捧著禮物裝箱，走出教室去國際班。

李辛檸突然走過來感嘆道：「許昕朵肯定是送給童延的吧，虧你對她那麼好，她還是……」

李辛檸的話還沒說完，邵清和就轉過頭看向李辛檸，接著微笑：「妳人真好啊，總是替男生考慮。」

這句話乍一聽一點問題都沒有，然而卻是在嘲諷李辛檸總是關心男生，對女生就不會這樣。

「也不是……」李辛檸想要解釋。

邵清和往後退了一步，和李辛檸保持一定距離，依舊在微笑：「沒事，挺好的，這樣妳比較受男生歡迎。」

「你誤會我了！」

「好了，我去收拾東西了，感謝關心。」

李辛檸再也不招惹邵清和了。

李辛檸這種女孩子就是這樣，她們在男生面前，和女生面前完全不是同一副面孔。她們享受被男生喜歡的感覺，喜歡她的男生越多越好，甚至別人的男朋友喜歡她也好。

這會讓她們產生內心的滿足。

她們只在男生面前演戲。

李辛檸煩透了，學校裡這群長得好看的男生一個比一個難搞，難得有一個顧爵，現在還讓她覺得噁心，連沈築杭都算是不錯的選擇了。

她剛剛轉過身，就看到穆傾瑤抬頭看向她，她遲疑了一下後，白了穆傾瑤一眼回到自己的座位。

♫

許昕朵拿著禮物去了國際班。

國際班的課程寬鬆，去興趣班的學生更多一些，此時教室裡的人不多。

教室裡還在播放電影，有些學生則是在座位上睡覺休息。有人注意到許昕朵過來，立即跟許昕朵打招呼：「朵爺，來找延哥啊？」

「延哥被音樂老師叫走了，肯定是想讓他在雙旦聯歡會上彈鋼琴。」

許昕朵手裡捧著禮物，把盒子放在童延桌子上，拿出手機傳訊息給童延：『我在國際班你的座位這裡。』

沒多久童延就回覆了：『等我。』

不到五分鐘童延就走回教室，穿著一身運動服，手裡拿著一個小手鼓，繫在腰上，怎麼看怎麼滑稽。

「你要參加學校的鼓隊嗎？」許昕朵問他。

「不，是舞獅，我是群演，三十分之一的人物，還有陣型呢，可厲害了。」

「你參加群演幹什麼？」

「不想表演鋼琴。」

「嗯……挺拚的。」許昕朵說完拍了拍盒子，對童延說，「喏，耶誕禮物，我親手做的。」

童延現在對許昕朵送的禮物有心理陰影，看到那麼大個的盒子，下意識地吞咽了一口唾沫。

他覺得他需要速效救心丸。

許昕朵看到童延的表情就不太高興了，捧起禮物的盒子就要走，士可殺不可辱，用心準備這麼多天就當是餵了狗了。

童延趕緊攔住許昕朵，低聲說：「別走啊，我很期待的。」

「期待得冷汗都流出來了？」

「……」

童延最後還是把盒子抱回自己的座位，放在桌面上。他注意到盒子還挺輕的，想著應該不是教科書之類的東西。

他昨天做夢都是許昕朵送他禮物，說他古文不好，送他一套古詩詞大合集，放地上有他小腿那麼高。

他注意到教室裡還有其他人好奇地看著他們，立即說道：「忙你們自己的吧。」那些人才轉過身去。

童延把綁在腰上的鼓拿下來，放在桌上，接著將椅子推到桌子下面，把盒子放在空隙的地方打開，結果打開蓋子看到一個蓋子。

正納悶呢，抬頭就看到許昕朵面帶不善地看著他，問：「我的禮物就這麼不能見人？」

「沒！」童延趕緊否認，接著對許昕朵勾了勾手指，讓她蹲在自己的身邊，才跟她解釋，「我們上次還鬧了一番，我怕我再處理不好，我們要打一架。」

「就你一個渣渣，我讓你一隻手。」

「屁。」童延特別不服，「上次我明顯是讓著妳，妳沒發現嗎？妳自己練習的野路子，身體都沒開筋，真的打起來妳的力氣不如我，熟練度不如我，身體素質還不如我，我不讓著妳妳早就趴下了，怎麼這麼不了解我的紳士風度呢？」

許昕朵蹲在他身邊問：「有紳士風度會和女孩子切磋？」

「妳這話說得不對啊，班級裡經常男女切磋的，柔術不就是這樣？」

「禮物看不看！」

「看！我看！」童延不知道自己怎麼這麼怕她。

他突然在想，是不是自己之前就喜歡她，所以才會特別怕她？

這跡象可不好，要是談戀愛了，他不就是妻管嚴？

他把禮物搬出來後，驚訝了一瞬間。

許昕朵做的是3D的光影紙雕燈，紙都是許昕朵親手雕刻出來的，在一個木框裡面疊著十幾層的雕刻紙，打開燈之後是淡紫色的燈光，可以看到裡面站著一個少年。

這個燈有點厚，其實是裡面有一個小機關。許昕朵轉旁邊的把手，燈光換為粉色，少年消失了，變成一個少女，穿著長裙長髮飛舞著。

許昕朵跟他介紹：「這個是我改良過的，原本是一對情侶，我改成了這樣，加了這個小機關。」

童延還挺喜歡這個禮物的，他能看出來許昕朵做得很用心。

許昕朵和童延的路數完全不同。

童延送禮物就是送貴的，專找那種不好買的，想方設法買下來送許昕朵。這樣許昕朵拿到的禮物就是世間罕見的，都很少有一樣的東西。

許昕朵則是喜歡親手做，這個材料才二百多元錢，只是手工需要時間而已。尤其是許昕朵自己加了一個小機關，就更加費神了。

童延蹲在燈前笑著看了半天後問她：「怎麼把人家小情侶拆散了？」

「你沒看出來嗎？這個男生是你，這個女生是我，等你消失了，我就出現了，切換著來的。」

「哦……」童延回應一聲，拿出手機對著燈想要錄個影，結果被許昕朵按住了。

許昕朵不讓童延發社群動態，有點擔心：「你不怕被人看出我們的祕密？」

童延看著許昕朵回答：「這件事情妳敢和別人說，別人也不一定敢信。」

「算了，你別拍，自己留著吧。」

「好，這是專屬於我的，我要趕緊收起來，藏起來。」童延美滋滋地收起禮物，抬手從自己的書桌裡拿出一個盒子給許昕朵，「喏，本來想回家再給妳的。」

許昕朵拿出來看了看，其實挺沒創意的，是一條項鍊。

然而許昕朵不敢猜這條項鍊值多少錢，只是默默地收了起來。

♫

許昕朵在放學前回到自己的班級，進去看到婁栩已經回來了，她立即將禮物捧給婁栩。

婁栩剛回來坐下休息，看到禮物驚喜萬分，和童延的反應完全不一樣。

婁栩打開盒子，看到裡面手工的耶誕老人音樂盒，驚訝萬分，問：「這個是給我的啊，我之前看到材料還以為是給童延的呢！天啊！太可愛了！太漂亮了！我超超超喜歡！」

這個音樂盒也是許昕朵自己親手做的，材料是網路上買的，回來後自己拼接，填充後黏貼。

許昕朵不常做這些東西，但是手還挺巧的，甚至比示意圖還可愛。婁栩喜歡得不得了，抱著音樂盒不鬆手了：「怎麼辦，我覺得我的禮物弱爆了。」

「我的這個其實只是做工比較複雜，其他都還好。」

婁栩放下音樂盒，從手機裡找出圖片，說道：「我在網路上找了一個畫手，畫了妳的卡通人物，特別好看，妳看看這個三白眼，是不是超級帥？我把這個圖案印在滑板上了，明天把滑板帶來送給妳。」

許昕朵看著手機開心地說：「我很喜歡啊！這個圖案很漂亮，我都捨不得用。」

「對哦，玩滑板的時候彷彿踩著自己。」

「對，哈哈哈。」

放學後許昕朵回到家裡，看到社群上有婁栩的三則新動態。

婁栩：『打開後還會動。（影片）。』

婁栩：『朵朵送我的禮物！超級可愛對不對？（圖片）。』

婁栩：『啊啊啊，我好開心啊！』

許昕朵覺得自己被婁栩治癒了，這才是收到禮物之後的正常反應。再看看童延，她覺得一腔柔情餵了狗。

她幫婁栩的動態全部點讚之後，在書房裡寫作業，寫完一個科目後才去看手機。

魏嵐：『我的禮物是平安果，婁栩的卻是親手做的？朵爺，我是不是比她早認識你的？我們是不是兄弟？』

許昕朵：『平安果是我親手挑的，親手包的。』

魏嵐：『聽起來很有誠意？』

許昕朵：『散裝的比較便宜。』

魏嵐：『……』

之後她切出去看到童延的訊息在下面，趕緊告訴魏嵐：『千萬別告訴童延，我先回你的訊息，不然他肯定生氣。』

魏嵐：『嘿喲喂，我突然就平衡了，妥了，我知道了。』

許昕朵點開童延的訊息，看到童延傳來一個影片，還有一段留言：『我把妳的燈改裝了一下，這才是正確的方式。』

許昕朵點開影片，看到畫面裡童延在轉把手，燈裡先是男孩，後是女孩，接著繼續轉後，兩個人並肩站在一起。

她買的材料本來就是情侶的，這樣並肩站在一起，是情侶的姿態，許昕朵看到的一瞬間覺得心口一蕩。

許昕朵將影片翻來覆去看了幾次，突然把手機丟在桌面上，指著手機罵人：「臭渣男！不喜歡我還撩我！你這樣我很容易誤會的！傻子！」

罵完之後，用平靜的語氣回覆：『哦，那你很厲害啊。』

♫

第二天是耶誕節，上午正常上課，下午舉行雙旦聯歡會。

學校裡學生多，都是按批次進入場地，火箭班再次優先。

許昕朵坐在座位上和婁栩聊天的時候，看到童延、魏嵐、蘇威三個人鬼鬼祟祟地過來，把許昕朵身邊的女生換走，坐在許昕朵身旁。

許昕朵詫異地看著童延，婁栩也探身越過許昕朵看向童延，說道：「延哥，這裡是火箭班欸！」

童延回答得理直氣壯：「我不要臉，我就坐這。」

婁栩倒是不管這個，只是問：「那我可以幫我們幾個合照嗎？」

童延現在很喜歡和許昕朵合影，立即同意：「行。」

婁栩舉起手機，打開自拍功能對準幾個人。

童延看到婁栩的手機螢幕，瞇起眼睛仔細看了看後問：「不是，我的臉怎麼回事，蒼白的要死，眼睛跟要爆炸似的，還瘦骨嶙峋的。」

婁栩委屈地回答：「是你的臉太小了。」

魏嵐跟著看了看笑道：「妳美顏開太大了！」

婁栩關了美顏相機，對著他們幾個一起拍照，幾個男生也特別配合。拍攝完畢後看著畫面裡，後排的同學居然也在比剪刀手，把婁栩逗得大笑半天。

許昕朵扭頭看向童延，沒有穿節目需要穿的衣服，立即問道：「你準備的節目呢？」

婁栩有節目，都提前化好妝，穿好表演的衣服了，童延這樣明顯就是沒有節目的裝扮。

童延嘆氣說道：「彩排的時候說人太多，舞臺裝不下，就淘汰了一部分人。」

許昕朵注意到童延的表情，明顯非常不開心，下意識追問：「淘汰幾個人？」

童延撇了撇嘴，回答：「淘汰了十個人裡有我，印少疏那個傻子都留下了，氣死我了。」

許昕朵驚訝了一瞬間：「印少疏也參加了？」

「嗯，我參加彩排的時候他閒逛看到我，問我表演的是什麼節目，我說武松打虎，我是武松。印少疏也報名了，說要撬走我的角色，結果我們一起成了群演，他數落我好幾天。」

許昕朵聽完開始笑，笑了好半天沒有停下來。

以前看童延和印少疏，是兩個兇神惡煞的帥哥，校霸級別的人物。現在越看，越覺得是兩個傻子。

群演被淘汰，對童延的打擊還挺大的，結果許昕朵這個沒良心的還笑，引得童延瞪了她好幾眼。

許昕朵強行忍住笑，努力冷靜下來安慰童延說道：「我們不理他們了，是他們沒有眼光。他們是怕群演搶了風頭，我們在學校裡也是流量小生級別的，是他們自私的選擇。」

童延終於心理舒服了一些，點了點：「對，就是，嫉妒我的才華，還說我鼓點跟不上。」

「哦，你鼓點跟不上啊？」

「……」

「不應該啊，你學鋼琴的，印少疏學網球的，他還是後來才加入的，你竟然不如他？」

童延的表情瞬間不好看了。

剛才算是白哄了，這位爺又不開心了。

童延從魏嵐手裡拿來一杯烏龍茶，故意放到許昕朵面前說道：「看到這杯烏龍茶了沒？」

接著，他將吸管插進去自己喝了一口：「它沒了，我喝了。」

許昕朵忍不住罵了一句：「幼稚。」

接著從童延的手裡拿過烏龍茶，也不在意童延喝過，直接咬著吸管繼續喝。

童延看了她半晌後老實了，靠著椅背乖乖地坐著，心裡感嘆幸好會場裡足夠黑，不然他臉紅的事情肯定會被發現。

啊……不過是間接接吻而已，沒事的，淡定。

♫

嘉華國際學校的興趣班多，一到這種場合，就和跨年演出一樣精彩豐富。

不過像邵清和這種人就沒有什麼表演的餘地了，畢竟也不能上臺表演怎麼喝茶，或者當場下圍棋，大家還不無聊死。

所以邵清和一直坐在椅子上當觀眾，剛好他的位子回過頭就能看到許昕朵他們那群人。

雙旦聯歡會的主持人不出意外，又是穆傾亦。

為了配合場合，穆傾亦今天穿得特別正式，一身西裝，正式又帶著些許禁欲的味道。加上長相優秀，身材挺拔，剛剛走出來一句話沒說，就引來一陣尖叫聲。

穆傾亦兩次拿起麥克風，第一次乾脆沒出聲，第二次雖然說話了，聲音卻被埋沒在歡呼聲裡。

婁栩湊過來跟許昕朵感嘆：「妳哥哥人氣確實高，你們兄妹二人的外形真的討喜，正好是厭倦了網紅臉的時代，你們這種高級臉脫穎而出。」

「穆傾亦是播音主持班的？」

「嗯，一開始是因為不愛說話去練口才的，聽說是家裡叫他報的。結果練完之後還是不愛說話，就這樣了。」

「這說明了有病不能亂投醫。」

許昕朵拄著下巴看了一陣子節目，還真的被驚豔到幾次。然而身邊的幾個人就像在夏令營，沒多久魏嵐遞給婁栩一袋洋芋片。過了一下，婁栩又給魏嵐一包棉花糖。

又過了一下，童延伸手拿來一袋薯條，遞到許昕朵面前。

許昕朵嘆了一口氣，終於拿出自己的書包，往身前一放，打開後引得周圍的人看向她的包，接著齊齊「我靠」了一聲。

用最淡定的姿態，帶最多的零食。

許昕朵的零食都是從童延的房子裡拿的，到現在只吃了一小部分，天知道她有多努力。將零食分了之後，許昕朵幾個人開始吃了，像一排表情莊嚴的鼴鼠，嘴巴努力工作，都沒人議論節目。

不久後，舞獅節目上了。

許昕朵對這個節目還挺感興趣的，放下零食認真看了一陣子，發現群演上臺不超過二十秒的時間。

主要的內容就是「獅子」跳上桌子後，敲鼓的群演出來繞著桌子走兩圈，接著就下去了。

許昕朵看呆了，許久後才問身邊的童延：「這就結束了？」

「節目還沒結束，不過群演的表演結束了。」

「就這麼一點你都跟不上拍子？」

「我們能不能不聊這個？」

「好。」許昕朵努力讓自己鎮定下來，接著問，「可是……你說的陣型在哪裡？」

童延看了許昕朵一眼，對許昕朵的欣賞能力出現質疑。

他放下零食解釋道：「沒看群演是分為兩排，交叉著上來的，匯合後像齒輪一樣的交替著穿插進入隊伍？」

「就這樣？」

「嗯。」

「……」

許昕朵冷靜一下後，嘆氣：「真的是來匆匆，去匆匆，我都沒找到印少疏究竟在哪裡。」

「妳找他幹什麼啊？」

「只是隨口一說。」

「妳的隨口怎麼總是印少疏？他那個吊吊眼就那麼迷人？」

許昕朵奇怪地看向童延問：「你怎麼還急了？」

童延沒回答，吃了一口洋芋片，吃得特別凶。

許昕朵也不知道該說什麼，於是問：「是不是因為群演時間短，你才參加這個節目的？那麼不想表演鋼琴？」

「嗯，音樂老師提了，我就說我有節目了。在嘉華從幼稚園讀到現在，那個臺上我幾乎年年去彈鋼琴，真的很煩。就好像過年的時候家裡吃飯，家長非讓孩子表演個節目似的，每次有活動，就讓我上去遛一圈，煩得很。」

童延真的是被逼急了，當群演這種事情都做得出來。

等婁栩的節目要上了，婁栩才拎著自己的化妝包和外套去做準備。許昕朵也準備好手機，在婁栩上臺後開始對著婁栩錄影。

許昕朵看著婁栩跳舞全程帶著笑，表情尤其欣慰。

婁栩跳舞充滿爆發力，動作乾淨俐落，這個C位不是白站的，全場她最吸睛。

許昕朵忍不住尖叫好幾聲，等婁栩跳完謝幕後，一向淡定的許昕朵都站起來對著臺上喊：

「栩栩！啊啊啊！我愛妳！」

童延聽完忍不住問：「妳愛她？」

許昕朵沒理，繼續喊：「媽媽愛妳！」

童延不氣了，跟著喊：「爸爸也愛妳！」

許昕朵扭頭看向童延，童延還挺正經的，小聲跟她解釋：「幫孩子加油嘛！」

魏嵐笑得前仰後合。

太騷了，騷不過、騷不過！

結果童延扭頭看向魏嵐說道：「女婿這麼開心啊？」

魏嵐頓時不笑了，齜牙咧嘴的：「延哥，占便宜是不是？」

童延搖頭不承認。

「延哥。」魏嵐先叫童延一聲，接著抬頭看向許昕朵叫道：「朵爺爺。」

許昕朵開心了，跟著笑道：「唉，乖孫們。」

童延抿著嘴唇又不開心了，不再說話。

婁栩回來後興奮地問：「在臺下看我怎麼樣？胖不胖？」

許昕朵拿出錄影給婁栩看，婁栩一邊看一邊說：「啊啊啊，表情扭曲了，天啊，怎麼這麼胖？」

「我覺得好可愛啊，特別帥氣。」

「哈哈，我聽到妳的尖叫聲了。」

兩個女孩子正在聊天，到了雙旦聯歡會的中間互動環節，學生們可以現場點節目。以往這個時候總是學校受歡迎的人會上去，或者是老師上去。

童延雖然坐得老實，還逃到了火箭班來，還是有不少人叫童延的名字。

接著，就像被號召了似的，一群人一起喊童延的名字，特別有節奏感：「童延、童延、童延！」

童延忍不住嘆氣：「我這個表演是不是躲不過去了？」

許昕朵跟他說：「我聽過你單獨彈奏，水準還是可以的。」

童延聽了一陣子，還是站起身，引來一陣歡呼聲，很多人鼓掌歡迎童延上臺，就連鋼琴都被推出來了。

結果，童延伸手拉著身邊的女孩子起身，兩個人一起上臺。

許昕朵被童延拽起來時還沒反應過來，只是本能地被童延拉著手繞過觀眾席走上臺。

這兩個人，就這樣當著全校師生的面牽著手前後上臺，上臺時還路過穆傾亦。穆傾亦看著他們兩個人，小聲提醒一句正在調整麥克風。

有人推來雙人的鋼琴椅，放在鋼琴前，兩個人同時坐下。

許昕朵現在也算明白童延的意思了，童延準備和她一起四手聯彈。

已經到了這裡，許昕朵也不會再下臺，坐下後小聲問童延：「我們彈什麼？」

「〈summer〉吧，簡單，畢竟我們沒一起練過。」

許昕朵點了點頭，開始指點童延，臨時叮囑他們該怎麼配合。

老師正在調整麥克風，麥克風打開之後，聽到兩個人的談話內容。嘉華國際學校的學生都覺得大跌眼鏡，因為許昕朵居然在教童延怎麼彈！

童延可是拿過國際比賽第一名的人好嗎？

結果童延認認真真地聽，隨後「嗯」了一聲，兩個人開始彈奏了。

一開始彈的時候，有人覺得這兩個人在消極怠工，因為一人一隻手，讓人一度懷疑他們會這樣彈到結束。

到了後期的部分，許昕朵和童延才同時用雙手彈琴。

鋼琴的演繹，其實看在表現力和感染力，不然就只是一個個音節的堆砌。

大家彈的都是同樣的曲目，但是真的彈出來後就能感受到差距來，甚至高低立見，這就是表演的能力了。

許昕朵的鋼琴一直都有著極高的水準，在這方面，許昕朵有天賦，也肯努力。

童延從小練習，雖然不及許昕朵的天賦，卻也有著很高的水準。兩個人第一次合作，也是第一次挑戰四手聯彈，只在開始的時候許昕朵叮囑了幾句，已經可以完美地配合了。

兩個人坐在臺上，同時看著鋼琴，許昕朵坐在外側，並不會完全將童延擋上。

一道光束打在他們的身上，清冷美麗的女孩子，和帶著少年銳氣的俊朗少年，這樣一起彈琴，畫面和諧又養眼。

臺下很安靜，這並不是需要歡呼的節目，只要認真聽就可以了。

很好聽，很愜意的旋律，會讓人覺得十分輕快。

並不是炫技表演，也不是參加正式的比賽。

在寒冷的冬天，彈奏夏天。

曲子彈完，臺下響起掌聲。

他們一起起身謝幕，不知為何，兩個人有種無聲的默契，動作舉止幾乎一致，許昕朵甚至有點男孩子氣了。

然而不耽誤優雅。

兩個人同時下臺，下臺的時候童延主動伸手扶許昕朵，那種照顧可見一斑。

雙旦聯歡會後，論壇出現一篇文章，這個文章在論壇裡頗為神奇。這一天的發文很多，多數是在討論雙旦聯歡會，這個文章的回覆數算是比較少的，但是點擊奇高。留言數和點擊數，簡直是詭異的比例。

資料的不平凡，彰顯著文章主角的特殊。

題目是：「現在突然不得不承認，其實許同學和那個誰還挺般配的。」

二樓：『剛來時以為是一個鄉巴佬，然而現在……我才是那個鄉巴佬吧？』

三樓：『許同學真的一次次讓我震驚。』

四樓：『最開始是我的內心是：我靠，那個誰怎麼可能看得上她？後來我的內心是：我靠，那個誰果然沒有看錯。』

五樓：『碰到他們的次數並不多，但是每次都閃瞎我的狗眼。』

六樓：『那個誰對許同學真的蘇，傑克蘇本蘇。』

三十五樓：『我知道的有點多，想說，有些人多慮了，人家家裡是同意的。』

三十六樓：『可他們不承認在交往。』

三十七樓：『很好理解，那個誰如果戀愛了會上新聞的，星二代的關注度也很高。』

三十八樓：『神仙戀愛。』

三十九樓：『各位，期末考試不夠讓你們專注嗎，還有心情關心別人？而且，我並不看好他們，早晚要分，哪有那麼多灰姑娘的童話故事？呵呵。』

許昕朵還在整理自己的筆記，就算是真的天賦異稟，到是考試前也不得不複習一下。她抬頭看了婁栩一眼後問：「冬令營可以不去嗎？」

雙旦聯歡會後就要備戰期末考試了，這一次無論是國際班還是普通班，都會進行考試。考試結束後，嘉華國際學校統一安排冬令營。

他們學校每年都是這樣，暑假的時候有夏令營，冬季有冬令營，這些活動結束後才會正式放假。

許昕朵經常和童延互換身體，也參加過冬令營。用童延的身體不覺得有什麼，如果用自己的身體，許昕朵不想去。

她討厭寒冷的環境，尤其今年冬令營的安排是滑雪，為期三天。

婁栩搖了搖頭回答：「好像都會去，而且我們火箭班食宿全免，為什麼不去？妳不喜歡滑雪就在酒店裡待著泡溫泉唄。」

「我記得國際班有不去的。」

婁栩回答：「那是別的班，對於我們火箭班來說，冬令營和獎學金都是福利。妳放棄冬令營也就同時放棄獎學金了，因為是一起發放的。」

「去！」許昕朵瞬間改變主意：「我去！必須去！誰不讓我去我跟誰急。」

許昕朵繼續看筆記，婁栩坐在一旁傳訊息聊天，突然被許昕朵拿走面前的試卷。

過了一陣子，許昕朵總結了一頁紙，拍在婁栩面前：「妳的複習重點。」

「啊？」婁栩低頭看了看，問，「這是學神押題嗎？」

「不，是針對妳的錯題，總結妳需要鞏固的地方。」

婁栩認真看了看，對許昕朵豎起大拇指，剛好這個時候訊息來了，婁栩繼續回訊息，被許昕朵擰了臉。

許昕朵凶巴巴地說道：「複習！」

「好好好，我說個結束語。」婁栩回覆完訊息立即放下手機，不知道為什麼，突然覺得許昕朵跟她的家長似的。

婁栩對許昕朵的盛世美顏毫無抵抗能力，只能乖乖聽話，坐在許昕朵身邊跟著她一起複習功課。

黃主任挺著大肚子走過來找許昕朵，許昕朵跑出去問：「黃主任，怎麼了？」

「國際班的考試妳還參加嗎？如果參加的話我幫妳安排考場。」

「我還沒想過，我覺得我應該不會去留學了。」

「參加吧，國際班也有獎學金，妳的積分目前是不錯的。」

許昕朵都快忘記這件事了，立即興奮地回答：「嗯，好，那我參加。」

「童延也是參加兩個班級的考試，我盡可能把你們安排在一起。」黃主任說完，伸手揉了揉許昕朵的頭，扭頭離開了。

許昕朵和童延的考場安排，是黃花臨產前安排的最後一件事情。

在黃花問的時候，許昕朵還不理解是怎麼一回事。等她看到考場安排後，她就明白了，因為她真的和童延同一個考場。

一般火箭班的學生都在第一考場，在無人監考室。黃花安排後，許昕朵再次去了最後一個考場，依舊是那個差生聚集的考場。

在這裡，互抄都是一種互相傷害。

這個考場有的學生有：許昕朵、童延、印少疏。

此時的許昕朵還不知道，她也因為黃花的這個選擇，躲過一個小小的劫難。

國際班的考試在普通班考試前兩天。

國際班的班級少，每個年級只有四個班級，所以也不用挪出場地來。多媒體教室裡安排一批，實驗室裡安排一批，學生就能分開了。

許昕朵這一天的考試是在國際四班原來的教室考的，走進去聽到一陣歡呼聲。

許昕朵搞不明白，她不過是來考試的，怎麼搞得像凱旋歸來一樣？

童延和魏嵐都留在國際班，只有蘇威被安排在多媒體教室。據說那邊教室大，考試的時候有些冷，蘇威把許昕朵的暖手器借走了，回來後還是叫苦不迭。

許昕朵坐下後就問童延：「你自己考試問題大嗎？」

童延捧出許昕朵幫他總結的筆記，放在桌面上說道：「妳看看這個磨損程度，就知道我複習得有多認真了吧？」

許昕朵拿起筆記本看了一眼，問：「你是房間裡養了一隻野豬，來回拱筆記本吧？」

童延理直氣壯地反駁：「會不會說話？這是我認真看了的結果。」

魏嵐特別不合時宜地說了一句：「朵爺，我檢舉，延哥是抱著睡著的。」

許昕朵立即伸出手指戳童延的臉：「原來野豬是你自己啊？」

童延又好氣又好笑，小聲跟許昕朵說道：「妳就放心吧，我就算自己考試也不會差很多的。」

童延其實很多時候不願意爭，不願意比，甚至不想公開表演。

他什麼都有，他什麼都不缺，甚至不需要別人的誇獎，上進心沒有那麼強，有些米蟲屬性。

喜歡參加考試和比賽的是許昕朵，身在鄉下，迫切的想要做一些事情證明自己。

許昕朵用童延的身體讀書，並且覺得考試是檢驗自己學習成果的一個重要形式，所以她會用童延的身體參加考試。

她同樣用童延的身體練習鋼琴，也會用他的身體參加比賽。

這都是許昕朵喜歡的。

因為許昕朵喜歡做這些事情，讓童延陷入一種騎虎難下的情況中。大家都覺得品學兼優的人是他，這其實不是他想要的。

但是許昕朵喜歡，他從未說過什麼，許昕朵喜歡做就去做。

此時許昕朵來到這邊，擔心童延突然之間成績不好，會不會對他有所影響，所以非常緊張地抓著童延的成績。

童延也理解，所以想盡辦法去安慰許昕朵，與此同時也努力讀書，就是怕許昕朵會覺得難受。

他的努力，都是為了她。

考完一個科目後，許昕朵讓童延把答案寫下來，之後幫童延進行估分。

許昕朵寫完數字後，開始計算，小聲嘟囔：「成績應該不會太差，但是想進入前十名比較難。」

童延無所謂地聳了聳肩，說道：「無所謂，反正我媽是理解的，其他人愛怎麼想就怎麼想。」

許昕朵呼出一口氣，拿著書包出教室說道：「我先回去上自習課了。」

「留下唄，國際班下午就開始放假了，班級的鑰匙我要來了，妳來我這裡自習比火箭班安靜多了。」

「才不要！」許昕朵立即拒絕，那樣豈不是和童延孤男寡女在一起？

童延說得可憐兮兮的：「我還要參加普通班的考試，妳來教教我唄，就教我一天。」

許昕朵拎著書包，站在門口思考半天，最後還是嘆了一口氣坐下。

其他學生考完都已經收拾東西準備放學了，只有他們兩個人默默地拿出普通班的書，開始複習。

國際班的考試持續一天半的時間，第二天上午考完直接開始放假，等到冬令營的時間才會集合。

教室裡逐漸空蕩，只有他們兩個人。

許昕朵拿來自己在普通班的筆記本，打開給童延看，想了想後說道：「你先把古詩詞背下來給我聽聽。」

童延認命，只能背課文給她聽。

童延背到一半，許昕朵突然問：「欲人之無惑也難矣是什麼意思？」

「不是，我剛才背的是〈勸學〉吧，怎麼突然問〈師說〉？」

「哦，你複習的時候看的是一道題，考試的時候出的是另外一道題，你還去問出題老師為什麼不出你看的那道題嗎？」

「嘿，妳這不講理的程度，考試題目就要妳出，考生能答上來算妳輸。」

許昕朵一揚下巴，理直氣壯地說道：「考試，就是學生和出題老師的博弈，誰也不服誰。」

「行行行，妳說的對。」童延說著，伸手翻書，「我去看看解釋。」

童延在文言文、古詩詞方面，實在是個學渣。

許昕朵拿著筆記本前後晃椅子，悠閒地看著。童延扭頭看了許昕朵一眼，伸腳絆了一下。

許昕朵的椅子一滑，眼看就要仰過去了，被童延伸手拽住了手臂。

此時的她下意識想要穩住身體，童延的手就是支撐，於是順勢往童延身上靠。最終椅子沒倒，穩穩的立住，許昕朵卻撲到了童延的懷裡。

童延笑得狡黠，看著許昕朵輕聲說道：「就算班級裡的監視器關了，也不能趁機投懷送抱啊，妳說是不是？」

許昕朵此時整個人都靠在童延的懷裡，抬頭時鼻尖擦過童延的下巴，童延說話的時候呼吸暖暖的，就在她的臉頰邊。

她的臉以肉眼可見的速度紅了，然而說出來的話一點也不嬌羞：「童延，我打死你。」

第二十章　可以觸及

童延一點也不害怕許昕朵的威脅，相反，他看到許昕朵慌張還挺開心的。

他和學校裡那種討人厭的男生是一樣的，情竇初開，喜歡她就欺負她，引起她的注意，最單純也最不討好的方法。

尤其是許昕朵撲到他懷裡，讓他美滋滋的，簡直到了人生的巔峰。

許昕朵快速重新坐好，攏了攏頭髮，同時抬頭看班級裡的監視器，確實沒有亮燈。監視器在考試結束後就關了，教室裡很多設備也都斷了電，進入假期狀態。

她這次舉起拳頭對童延晃了晃，說道：「反正監視沒開，我就打死你。」

「唉，妳這個沒良心的，我可是在妳危險時刻出手相助的人。」

「你也是給我製造危險的人。」

「妳有證據嗎？」童延無賴到了極點。

許昕朵對著童延的手臂拍了一下：「沒有！但是我不講理！我就打你。」

童延挨一下也沒在乎，笑呵呵地繼續看著她說道：「嗯，我們朵爺不講理的時候真是英姿颯爽。」

許昕朵還是氣不過，又拍了童延一下，結果童延立即湊過來握住她的手腕，說道：「好了好了，不鬧了，妳要是想切磋等一下我們去柔術教室，行不行？」

「鬆開。」許昕朵掙扎了一下。

「妳先保證不打了。」

「怎麼可能，等一下我教你，你如果不會我還是會打你的！」

「嘿，妳怎麼這麼凶呢？」

「就是這麼凶，嫌棄我凶別讓我教你啊。」

童延趕緊鬆開許昕朵，妥協地說道：「行，讓妳揍，嚴師出高徒。」

童延繼續翻古詩詞，看得特別認真。童延很聰明，理科的成績都很好，很多題目都是看到就能解出來。身為國際班的學生，英語成績一般都是非常不錯的。

國文是童延的短板所在，所以期末複習期間，他專攻的就是國文。

許昕朵跟著看書，覺得不過癮似的又拿來一張奧林匹克的題目開始寫，想要看看自己有沒有哪裡不會的，如果有問題就趕緊看一看。

結果卷子寫了兩張後，她開始嘆氣，覺得這些題目很普通。

想了想後去查全國競賽的卷子，再看看自己寫的卷子，是一樣的題目啊，說明自己沒買到盜版，怎麼這麼簡單呢？

遇不到難題的學生生涯好寂寞啊……

另外一邊，童延一邊揉腦袋，一邊背文言文，已經背到有點頭疼了。

就在許昕朵唉聲嘆氣的時候，童延把課本一摔，說道：「這群人就不能少說幾句話嗎？少寫作文，煩死了！」

許昕朵趴在桌面上，面朝童延看著他笑，說道：「你要多寫作文，你的文采太差了。」

童延跟著躺在桌面上，和許昕朵面對面，看著她說道：「妳別看我背不好文言文，但是妳的作文我全篇都背下來了，標點符號都不會錯。」

許昕朵睜大一雙眼睛，驚呼：「你幹什麼啊？」

「笨孩子的辦法，死記硬背作文的範文唄。」童延說完，輕咳一聲後開始不急不緩地說道，「我在意一個人，他像影子一樣一直陪伴著我……」

許昕朵的臉徹底紅了，眼眶也有點紅。

她突然站起身，快速收拾自己的東西，粗魯地裝進自己的書包裡，書包的拉鍊都沒拉好，就揹起書包往外走。

童延還不放過她，跟在她身後繼續說：「他一直都在，卻永遠觸不可及。我知道他在陪著我，我卻擁抱不到他。」

許昕朵伸手拉門把，即將要打開門的時候，童延快速到她的身後扶住門把。

許昕朵氣到不行，回過頭來要揍人，突然被童延抱進懷裡，溫柔地抱著她，在她的耳邊說：「妳觸及得到，也抱得到，只要妳想，隨時隨地都給妳抱。」

被童延抱進懷裡的瞬間許昕朵傻掉了。

她呆呆地被童延抱著，感受著擁抱的溫暖，他說話時的聲音就在她的耳廓邊，傳進耳朵，敲擊在耳膜上，讓她的耳朵癢癢的。

心跳如同鼓響，轟轟烈烈，聲勢浩大，讓她覺得抱著自己的童延也會聽到這種狂亂的心跳。

瞬間慌到不行。

臉頰發熱，人也慌張無措起來。

接著開始不受控制的掉眼淚，眼淚簌簌落下，她第一次嘗試到什麼叫害羞到哭出來。

童延覺得不對勁鬆開她看了一眼就慌了，不知道她怎麼突然哭了。

是感動還是被他氣到了？

他還沒開口問，許昕朵突然掄起書包砸向他。

他被砸得結結實實，身體一晃，險些跌倒。

許昕朵也在同時奪門而出。

童延看著許昕朵出去，不敢追，他真的不知道到底是怎麼回事。

注意到教室裡沒開監視器，又只有他們兩個人，便有了歪心思，想做點壞事。

剛才都醞釀好直接表白了，結果看到許昕朵居然哭了，眼淚把他砸得腦袋有點迷糊。

表白的話沒說出口，他都準備好親她了，怎麼就……變成這樣了呢？

他扶著講桌緩了半天的神，懷疑自己是不是耍流氓把許昕朵氣到了？他的方法用錯了？

哎呀，不背作文好了。

他都要哭了。

是追女生都難，還是只有追許昕朵難？

♫

許昕朵放學後要去公司參加培訓，回去的晚童延也見不到她。

於是，童延只能在第二天早早去考場做準備，想著見到許昕朵之後能和她好好聊聊天，畢竟這位昨天晚上都不回他訊息。

結果印少疏先來了，坐在童延旁邊的位子，看著童延問：「你也轉班了？」

「打算轉。」童延懶洋洋地回答。

「你家裡是不是也怕你鬧事，然後在國外不方便撈你？」

「什麼東西？」童延震驚了，這是什麼鬼問題，他是遵紀守法的好少年好嗎？

刺青不等於不良少年！

長得不像個好人不等於真的是壞人！

印少疏拿出筆袋，遞給童延一枝筆：「祈福筆，據說很靈，來一枝？」

這種孔廟祈福中性筆印少疏買了整整二十枝，他又從來不寫筆記不寫作業，頂多用來參加考試。高中三年都不一定能用完，所以見人就送。

童延伸手接過來看了看，正要嫌棄，便看到許昕朵進來了。童延立即放下筆，眼巴巴地希望許昕朵坐過來。

許昕朵想了想後，想要離童延遠一點，結果其他地方都沒有位子了，只能坐在童延的身後。

童延立即轉過身問她：「生氣啦？我道歉好不好？」

印少疏看向他們兩個人，問道：「怎麼了？還沒追到啊？」

童延立即不爽了：「你能不能把嘴閉上？」

印少疏還挺委屈：「我只認識你們兩個，我不和你們兩個人說話，我和誰說話啊？」

童延問他：「你的同班同學呢？」

印少疏嘆氣說道：「實不相瞞，我臉盲加記不住名字，走班制老是換地方，轉班這麼久我都不認識幾個。只有你們這兩個大個子一看一個准，畢竟也是讓我印象深刻的人，所以只認識你們。」

印少疏自己身高接近一百九十，也好意思說別人大個子。

許昕朵被童延搞得一晚上沒睡好，正不爽呢，立即說道：「你們兩個都給我閉嘴，轉過去。」

印少疏現在也不自覺地開始聽許昕朵的話了，轉過去後，沒多久又遞了一枝筆給許昕朵，問道：「祈福筆要不要？可靈了。」

許昕朵還是有點傲氣的，回答道：「我不需要。」

印少疏也不知道高二的成績排行，畢竟他不關心這方面的事情。

只覺得許昕朵這麼多次還在最後的考場裡，大概也是個學渣，於是好心地給許昕朵一枝，放在她的桌面上，說道：「用這枝筆努力努力，爭取下次去倒數第二個考場。」

許昕朵：「……」

印少疏又問：「妳轉去火箭班花了不少錢吧？我爸想把我安排進去，我沒去。」

許昕朵：「在你的世界裡，錢是不是萬能？」

印少疏搖頭：「也不是，我砸再多的錢我爸爸也不願意叫我爸爸。」

許昕朵：「……」

童延坐在前面，聽完兩個人的對話笑到不行，好半天才忍住。

許昕朵做深呼吸，覺得印少疏在當地主家傻兒子這方面，比童延優秀多了。

第一科考試結束後，許昕朵走出教室找童延，問他：「今天考的古詩詞你都背了嗎？」

童延靠著欄杆遞給她一杯烏龍茶，笑著說道：「妳還是關心我的嘛。」

「這是正經事。」

「嗯，都背了。」

許昕朵接過烏龍茶又問：「你作文寫完了嗎？第一批出考場的有你，考試沒見你多積極，出教室倒是你第一。」

「我不是想著早點交卷，去飲料店不用排隊嗎？」

「作文呢？」許昕朵又問。

「我竭盡全力寫了。」童延回答的是認真的，作文這東西，真的一時間培養不出來。

「國文真的不好估分，等下一科開始，你把答案都寫下來，我幫你估一下。」

童延一聽就樂了，湊近了許昕朵問：「怎麼，妳這麼想跟我同班啊？」

許昕朵終於確定，童延確實是變騷了。

她努力告誡自己不要自作多情，別用暗戀濾鏡看他，畢竟在暗戀一個人的時候，對方無論做什麼都會覺得別有深意。

她看著童延現在的表情，越發懷疑童延在撩她。那眼神，那曖昧的姿態，都和童延的正常狀態下不一樣。

她不敢問，只能自己胡思亂想。

她很怕現在突然陷入雀躍之中，過一陣子童延告訴她，他只是和她關係好，把她當成兄弟才這樣對她的。

畢竟，距離上一次童延和尹嫿否認心意，才過去沒多久，怎麼可能突然喜歡上她。

不娶亂撩！

渣男！

「滾！」許昕朵突然吼道，拿著烏龍茶氣鼓鼓地走了。

童延被吼得一愣，有點氣餒。

女孩子的心情怎麼就這麼陰晴不定呢？

♫

穆傾瑤幫老師捧著試卷去辦公室的路上，悄悄地翻答案卡，等到了辦公室，快速抽出李辛檸的答案卡，將自己口袋裡的答案卡放進裡面，接著快速離開。

做這些事的時候她全程背對著監視器，把自己的小舉動擋得嚴嚴實實的。

一般考卷都是老師直接拿回辦公室，剛好穆傾瑤是這次監考老師的小老師，這位老師用穆傾瑤也習慣了，沒多想，就讓穆傾瑤送。

穆傾瑤很早就打算這麼做了，其實她的第一個目標是許昕朵。

她不想被許昕朵超過太多，這樣被比下去會讓她覺得很難堪，便決定換答案卡。

然而許昕朵不在第一考場，她臨時換了目標，改成李辛檸。

這種方法穆傾瑤只能對一個人用，事情之後可能會鬧起來，如果許昕朵和李辛檸同時出現這種情況，矛頭會明顯直指穆傾瑤，畢竟兩個人都是穆傾瑤討厭的人。

穆傾瑤自然不會這麼傻。

所以她原本也只準備針對一個人，她很早就準備好答案卡，畢竟嘉華國際學校的答題卡都是統一的，數量肯定有富裕，她偷偷拿一張也不會有人發現。

她提前記住李辛檸的學號，寫了李辛檸的名字，答案卡半對半錯地塗好了之後偷偷藏起來。

此時換了自己準備的卡進去，她終於覺得解氣了。

李辛檸的小心思和小舉動，穆傾瑤其實都知道，只不過不去在意而已。

她現在和沈築杭面和心不和，努力維持一下，穩住沈築杭就行。看到沈築杭的小舉動她也不在意，只要婚約還在就可以了。

這樣，她就可以留在穆家。

但是李辛檸這個小婊子不收拾就不知道停手，還當自己的段數多高端，不過是個垃圾。

李辛檸上一次的考試已經非常接近臨界點了，如果再不進步，很有可能離開火箭班。

也許，李辛檸最近複習得很努力，但是別人也都很努力啊！

加上穆傾瑤這一張做過手腳的答案卡，她敢保證，李辛檸這一次會徹底滾出火箭班。她也可以有一陣子眼不見為淨了。

穆傾瑤站在欄杆邊朝樓下看的時候，看到許昕朵坐在椅子上看書，旁邊站著童延和印少疏在聊天。

這三個人在一起的時候無疑是刺眼的。

穆傾瑤扶著欄杆看了一陣子，心中的酸楚越發難以平復，長得漂亮，果然會被優待啊……

她覺得自己是可悲的。

如果她生來就是貧窮的命運，生來平凡，她恐怕不會在意。

然而她經歷過寵愛，享受過富貴，又怎麼可能甘願去過那種可怕的生活。

所以她的心情越來越難以平復，她嘗到甜頭，不可能輕易放棄，這個時候許昕朵回來了，還是以不容侵犯的姿態。

看了就噁心。

穆傾瑤朝著考場走的途中，忍不住想，穆傾亦和許昕朵有那樣的父母，穆父明顯的情緒勒索男，穆母生性軟弱毫無主見。這樣的夫妻生下來的孩子皮相是好的，又能是什麼好東西。

這兩兄妹每天清高給誰看呢？

一窩歪瓜裂棗而已，比的就是誰能狠到最後。

大不了最後誰也別想好過。

♫

許昕朵買了一堆暖暖包，準備帶去冬令營。

手機在這個時候響了。

考完試後，許昕朵就將手機的震動改成鈴聲，接通後聽到婁栩跟她八卦：『朵朵！我們班鬧起來了。』

「怎麼了？」許昕朵拿著電話的時候，還在研究帶什麼保暖內衣。

『李辛檸的分數出來了，和她預估的分數差了很多，就去學校查卷子，最後妳猜怎麼了？』

許昕朵對李辛檸的事情不是很感興趣，隨口問：「怎麼了？」

『李辛檸的答案卡被人換了，她說她選的答案不是這些，而且那個人雖然模仿她的筆跡，但是並非完全一樣。接著，李辛檸就在群組裡單獨@穆傾瑤罵人，穆傾瑤委屈兮兮的，一副不知道李辛檸在說什麼，鬧得可大了。』

許昕朵覺得詫異，問：「答案卡被人換了？」

婁栩回答：『就是啊，李辛檸再怎麼不認真，也不至於英語只有及格吧，這不是我們火箭班的水準。據說，李辛檸的分數一下子少了三十分左右，總分跌到了普通班一班中游去了，不能繼續留在火箭班了。』

許昕朵想了想後不解：「她是怎麼換的呢？」

『聽說是穆傾瑤送卷子的，但是穆傾瑤不承認，說李辛檸誣賴自己。不過，老師最後也沒調查出來，李辛檸只能離開我們班了，現在也不知道到底是怎麼回事。李辛檸氣不過，就在群組裡破口大罵。』

許昕朵呼出一口氣：「如果我在第一考場，被換答案卡的人可能就是我了。」

『我靠，之前還沒想到，現在想想還真的有可能。』

「幸好黃主任幫我安排去最後一個考場，考卷不經過穆傾瑤的手，這也算是給我提了個醒。」

『真的欸！妳也覺得是穆傾瑤幹的？』

「嗯，李辛檸是一個表面很喜歡裝成寧靜美好的女孩子，這種女孩子才不願意被人知道自己和別人不和，還這樣公開罵人。如果真的是分數不行，她恨不得藏起來，而不是鬧大，所以她可能真的是被人換了答案卡，只是苦於沒有直接證據。」

婁栩再次覺得自己的三觀被震碎了，曾經一起上課的同學，都沒發現到穆傾瑤居然這麼惡劣啊。

她高聲感嘆：『那穆傾瑤這個人也太壞了吧！』

「我覺得她已經破罐子破摔了，所以反而需要提高警惕，不想主動去招惹她，但是她來招惹我的話，我也不得不防，真的很煩。」

『我以後幫妳注意著。』

「好，我有栩栩保護呢！」

婁栩在那邊笑了一下後，想起什麼，說道：『對啦！童延進我們火箭班了，正好排在第五十名，神不神奇？』

「他、他進來了？」許昕朵驚訝。

『對啊！進來了，我們班不少人都震驚了。大榜成績下來，他在國際班四個班級的總成績排在第七名，普通班考試第五十名，好多人都猜他國際班的成績下降，是因為跑來學普通班課程造成的。』

「哦……」許昕朵也說不清此刻是高興，還是緊張。

婁栩又問：『不過，朵朵啊……妳這個雙料第一，是不是有點逆天了？妳在國際班沒上過多久課吧？』

「可能我是個天才吧。」

『嘁，不和天才聊天了，拜拜！』婁栩氣得直接掛斷電話。

許昕朵掛斷電話後用手機翻看成績單。

普通班成績榜，總分七百五十分。

第一名火箭班許昕朵七百三十一分。

第二名火箭班穆傾亦七百二十七分。

第三名火箭班邵清和七百二十分。

第十名火箭班穆傾瑤七百零一分。

第二十五名火箭班婁栩六百七十四分。

第五十名國際四班童延六百分。

許昕朵看著成績單突然笑到不行，她覺得印少疏送給童延的筆也許真的有用，這分數非常整數，而且，排名非常的巧合。

她看了普通一班的第一名，直接笑出聲來，普通一般的第一名分數是：五百九十九分。

童延真的是走運到了極點。

她切出去傳訊息給童延：『恭喜童同學進入火箭班，且成為火箭班最後一名。』

童延：『你們火箭班排位子是不是很變態？』

許昕朵：『對。』

童延：『所以我在教室裡和妳保持著最遠的距離，看著妳和邵清和、穆傾亦坐在一起？』

許昕朵：『好像是的。』

童延：『我怎麼沒那麼高興呢？』

許昕朵正打字打算回覆童延，有人來敲她房門。

她跑過去開門，看到童延垂頭喪氣地走了進來，也不管許昕朵歡不歡迎他，直接把門反鎖。

許昕朵詫異地看著童延問：「有事？」

童延委屈兮兮地回答：「我需要妳哄我。」

許昕朵震驚了：「我為什麼要哄你？」

「妳在考試前凶我，讓我考試分心，不然我絕對不會倒數第一。」

「我覺得你應該去感謝印少疏給你的筆，不然都進不了火箭班。」

「屁！」

童延走到沙發前坐下，繼續委屈兮兮：「我那麼努力的為了某個人背古詩詞、複習，某個人卻在考試前那麼凶我，心裡痛痛的。」

許昕朵被氣笑了：「還不是你亂撩妹？」

「我又沒撩別人？」

「我也不能隨便亂撩啊！」

「不是隨便，是故意。」

許昕朵站在童延的身前，沉著臉看著他。

童延還準備順勢繼續耍無賴呢，就看到許昕朵表情越來越難看，求生欲讓他趕緊坐直了身體，驚恐地看著許昕朵。

之後他連坐都不敢坐了，直接站起身來規規矩矩地站在一旁，許昕朵依舊看著他沉著臉不說話。

童延真的覺得自己完蛋了，越撩，許昕朵越生氣，他是不是真的沒有這方面天賦，只是在「仗臉行事」。

好幾次他都要表白了，就發現許昕朵氣鼓鼓的，快要動手打人了。

他只能再次放棄，開始往門口移動，同時顫顫巍巍地說道：「也不用哄，我自己沒考好，我繼續努力，我去找媽媽了，拜拜。」

說完趕緊逃跑，跑的時候後悔自己反鎖房間門。

許昕朵在童延離開後，一個人坐在沙發上，心中情緒難以平復。

她不是傻子，最近童延的舉動太明顯了，讓她一次次確定，她應該沒有猜錯。

但是，她有合約在，合約剛簽不久而已。

為什麼偏偏是在簽合約之後呢？

如果童延能稍微早點，許昕朵此時也不會這麼糾結。心裡不難受是假的，她的心中翻江倒海，恨不得現在就大吼幾聲。

她捨不得埋怨童延，只能生自己的氣。

接著感嘆，他們沒緣分吧。

她不能回應，也沒辦法回應。

童延越是這樣，她越氣。

去冬令營的那天，老師詢問童延是和火箭班一起行動，還是和國際四班一起。

他想了想後決定和國際四班一起去，上了巴士，坐在車窗邊朝外看，看到許昕朵和婁栩拖拽著行李箱朝著火箭班的車走。

上車的時候，一直在車邊幫忙的邵清和拎走許昕朵的行李箱，幫她放在車下的行李區。

幫許昕朵放完行李後，邵清和和許昕朵一起上了車。

童延的表情不太好看。

他覺得自己最近的暗示，基本上等同於明示了，只差說出口了。

結果許昕朵的反應和表現，他能看得出她對於自己喜歡她的這件事情，是反感的。

他在離開許昕朵房間的那天差點崩潰到哭出來，他意識到許昕朵應該不喜歡他，甚至不想和他改變關係，不然絕對不是那種反應。

挫敗感很強。

還沒開始，就已經失戀了。

現在看到許昕朵便覺得心口疼。

自尊心太強的人，果然不適合追人，這麼點挫折童延都要受不住了。

魏嵐坐在童延的身邊，接住蘇威丟過來的一串棒棒糖，撕下來分給童延一個。

童延伸手接過，接著嘆氣。

魏嵐吃著棒棒糖問：「怎麼了？」

「太難追了。」

「朵爺拒絕了？」

「沒，但是和拒絕沒什麼兩樣。」

魏嵐還在整理自己的東西，隨口問：「喜歡嗎？」

「嗯。」

「她如果和別人在一起了，你能受得了嗎？」

「我可能會瘋。」

「那就追，不死不休的追，年少輕狂就應該幹點轟轟烈烈的事情，努力過了才算是沒白喜歡過，你說對不對？」

童延被鼓勵到了，但是還是有點沮喪，說道：「我為她做了那麼多了，她怎麼就不能對我稍微好一點呢？」

「朵爺對你還不好？你看看，朵爺理別人嗎？」

「她理邵清和啊！」

「哦……吃醋啊？」

「放屁，我是吃醋的人嗎？我只是不爽，她才和邵清和認識多久啊，就好像關係不錯的樣子。」

魏嵐拿著棒棒糖認認真真地問：「朵爺怎麼和邵清和關係不錯了？」

「他們聊天！」

「……」魏嵐不太想和童延聊天了，童延真的追到許昕朵，大概也會是一位蠻不講理的男朋友。

童延見魏嵐戴U型枕，還塞上了耳塞，打算睡覺，又開始不爽了，問魏嵐：「你也不幫我了是不是？」

魏嵐都無奈了，說道：「延哥，我都覺得下次出現什麼流行病毒，都不用熏醋了。你看著朵爺和男生聊天就能自產了，產業壟斷，利國利民。」

「你聽不懂人話是不是，我沒吃醋。」

「是，都是朵爺的錯！」魏嵐戴上耳塞，徹底不理童延了。

童延這邊看著火箭班的車開走了，國際四班的車裡開始大合唱，魏嵐還睡得特別好，心中氣到不行。

他拿出手機要跟許昕朵視訊，生怕許昕朵在車上跟邵清和聊天。

然而想了想後又把手機放下了。

他也想跟著睡覺，結果眼睛瞪得和燈泡一樣，氣到睡不著。路程全程有兩個多小時，他瞪著眼睛有一個半小時之久。

突然身體一晃，他再次穩住身體時，發現自己扶著椅背的手是女孩子的手。

他扭過頭看身邊，婁栩靠著他的肩膀睡得正香。他立即一抖肩膀，將婁栩甩開了。

婁栩迷迷糊糊地睜開眼睛到處看了看問：「到了嗎？」

童延看了看車窗外，車還在行駛，於是回答：「還沒。」

婁栩含糊地應了一聲後，靠著車窗繼續睡。

他回頭看了看，發現周圍坐的都是火箭班的學生，他探頭看了半天，也沒看到邵清和穆傾亦，應該坐得挺遠的。

火箭班的車安靜多了，只有少數人在小聲聊天，大部分的人都在打瞌睡。

他又看了看自己的身體，摸了摸自己的臉，確定自己是突然換到許昕朵身體裡了。

他感覺到身體有幾個地方在斷斷續續的發熱，應該是貼了暖暖包。

他的手裡拿著手機，看著手機有點猶豫，他特別想看看許昕朵有沒有和誰聊天。又覺得這不太道德，最後還是忍住了。

這個時候聽到了提示音，打開手機看到自己傳來訊息：『怎麼突然換過來了？』

他打字回答：『我也不知道，最近好像好挺頻繁的，是因為我們距離近了嗎？』

對面遲疑了一下才打字：『先這樣吧，到了我們找一個地方匯合。』

他回覆：『好。』

車子繼續行駛，到了目的地後，童延和婁栩一起下車。幸好童延看到許昕朵上車的畫面，知道許昕朵用哪個行李箱，才能認出來。

之後拽著行李箱去酒店。

他們都是兩床的房間，他需要和婁栩同一個房間，這讓童延覺得換回來的事情迫在眉睫。不然今天晚上他就和婁栩同房了，另外一邊許昕朵會和魏嵐同屋，想想就覺得可怕。

這個時候婁栩問許昕朵：「朵朵，妳不去滑雪嗎？」

童延只能點頭：「不去了，我睏了，等等留在房間裡睡一覺。」

婁栩再次開口：「不過我們還是要集合一下，畢竟要有冬令營合影，妳說這次合影童延會來嗎？這樣我們班真的是三花聚頂。」

「三花聚頂？」童延嫌棄地問，這是什麼詭異的形容。

「三朵金花。」

婁栩還在整理自己的滑雪裝備，想要直接換滑雪服，突然被吼了一句：「妳去洗手間裡換！」

婁栩被嚇得一哆嗦，趕緊抱著裝備去洗手間。

童延坐在外面拿著手機，也不知道現在許昕朵做什麼。

此時許昕朵非常尷尬，她先是等著，想著車裡最後一個行李箱就是童延的了，好在蘇威幫她拿了下來，沒有等到最後。

接著，她不知道童延把身分證放在哪裡。

童延放東西非常沒規律，她在一旁找了半天才找到，拿著身分證去辦入住，魏嵐拿著房卡等電梯的時候問她：「延哥，要不然我約栩栩出來吧，讓她叫上朵爺一起？」

「她的身體不合適滑雪。」許昕朵故作鎮定地回答，她的體質不行，就算裡面是童延也會受不住。

「那等等你去滑雪嗎？」

「我在房間裡休息一下，接著到處逛一逛，滑雪再說吧。」

剛走進電梯就碰到印少疏，印少疏走過來直接攬著她的肩膀，笑呵呵地說：「弱雞，滑雪你行嗎？」

許昕朵往一旁挪了挪想躲開，結果印少疏就是不鬆手，她隨口回答：「還可以。」

「比一比啊？」

「懶得和你比。」

許昕朵難受地拉著行李箱走出電梯，電梯門一打開，就看到自己的身體雙手環胸，盯著電梯門看。

童延注意到印少疏居然攬著自己的身體，也就是攬著許昕朵，立即怒了，吼道：「印少疏，把手給我拿開！」

印少疏被嚇得一愣，下意識地挪開手，詫異地看著這個暴躁的女孩子。

許昕朵拖著行李箱往房間的方向走，童延立即走過來，伸手幫許昕朵拖著行李箱，同時問：「哪個房間？」

「八八七二。」

「哦。」童延回答完，拖著行李箱走過去，許昕朵跟在童延身邊。

然而，在外人看來就是「許昕朵」突然發怒，扭頭就幫著「童延」拿行李。

「童延」一個身高一百八十八公分的大男生，居然就這麼坦然地跟在「許昕朵」身邊，看著一個女孩子拿行李？

這兩個人，怎麼這麼奇怪？

印少疏看得瞠目結舌，問魏嵐：「不是，童大小姐怎麼回事？啊……不對，許大哥她突然發什麼脾氣？」

魏嵐也是看得一頭霧水，回答：「我也不知道……」

他總覺得兩個人離開的背影，像是童延要找個隱蔽的地方挨揍。

魏嵐還是很糾結，他和童延同房啊，現在該怎麼辦，是給這兩位挪地方，還是先把行李送過去？

魏嵐硬著頭皮，到了房間門口敲了敲門，門很快開了。

魏嵐走進去放下行李，打開行李箱拿出滑雪服，抬起頭就看到那邊的兩個人一起沉默地看著他，他吞咽了一口唾沫問：「我可以換一下衣服嗎？」

結果是「許昕朵」回答的：「你問個屁啊，還指望我幫你換？」

魏嵐都要哭了，這是什麼詭異的氣氛？

他委屈兮兮地抱著衣服走了出去，這地方沒辦法待。

沉默的腳步聲都帶著卑微感。

魏嵐走了之後，童延關了門，直接反鎖。

走回來看到許昕朵蹲著要開行李箱，不由得問：「妳開它做什麼？」

「反正換都換了，我去滑雪，不能白來一趟啊，你說是不是？」

「我呢？」

「我帶了語文書，妳在房間裡背背課文，睡睡覺。」許昕朵說著，打開行李箱，去翻童延帶來的滑雪服，抖開看了看，又是一身黑。

童延苦口婆心地勸：「妳拿我的身體滑雪行，不要回來之後又多了幾個人追我行不行？」

童延看著許昕朵輕車熟路地拿出滑雪服，並且到一旁脫掉他的衣服。

他沒當回事，跟過去準備幫許昕朵整理衣服，結果許昕朵驚呼一聲：「你進來幹什麼？」

童延非常不解，說道：「這是我的身體啊，我看一看有什麼問題？」

「可是我在換衣服。」

這是原則問題。

童延真的沒轍，只能扭頭再出去，沒多久許昕朵換好滑雪服出來，童延坐在床上問她：「妳感受一下，現在能換回去嗎？」

「接收不到你的感應。」

「怎麼回事啊……」童延站起身來到許昕朵身邊，幫她整理一下滑雪服，接著從箱子裡找到工具遞給她，「喏，自帶的。」

「你自己帶了？放在哪裡了？」

遞完東西童延停頓一瞬間，接著問許昕朵：「我的滑雪板呢？」

「車上面的儲物格。」

許昕朵驚呼一聲，立即起身朝著外面跑。

童延跟在她身後，不緊不慢地抽出房卡，拎著東西跟著她，總覺得這種畫面特別有意思。

兩個人到車上一起取東西後，許昕朵拿著滑雪板這些東西朝著滑雪場走。童延穿著厚厚的羽絨服跟在身後，指了指高處的餐廳說道：「我去那裡等妳。」

「嗯，好的。」

許昕朵其實挺喜歡運動的，無論是滑板還是滑雪，或者是越野單車、摩托車這些，許昕朵都玩得特別厲害，這些喜好倒是和童延完全統一。

以前童延不覺得有什麼，這一次坐在窗戶邊，捧著熱飲看著許昕朵滑雪的樣子，真的不得不感嘆，許昕朵就是一個野大的女孩子。

這種女生少了女孩子的柔軟，從小染了一身的男孩子氣，會講義氣，會打架。

許昕朵喜歡人的時候，會是什麼樣子呢？

他真的很好奇。

等許昕朵滑夠了，拿著滑雪板上樓找童延。

餐廳裡有一個ＶＩＰ包廂，一般的學生不會再多花錢來這裡，只有童延這種出手闊綽的，才願意來了之後進入這裡待著，裡面比較安靜。

許昕朵走進去後，拿起菜單看了看，問：「你想吃什麼？」

童延都快喝飽了，說道：「妳點妳愛吃的。」

兩個人吃完飯後，終於感覺到可以感應到對方了，立即換了過來。

結果換完許昕朵驚呼了一聲：「糟了，我還點了霜淇淋，還沒上呢。」

童延捂著自己的肚子狼狽地問她：「就算是我的身體，妳也不能撐成這樣吧？我都覺得胃脹。」

「唉，算了，那不吃了。」

「妳這個很遺憾的語氣是怎麼回事？我這叫突然暴飲暴食。」

「沒事，我帶了胃藥。」

與此同時，劉雅婷進入VIP包廂的一個小隔間，隱約間聽到了聊天的聲音。從隔斷的縫隙朝那邊看了一眼，看到許昕朵和童延坐在一起，立即不爽起來。

靠，不過是上來休息一下，怎麼就碰到這兩個人了？

然而坐在最角落的的兩個人根本沒注意到包廂裡又來了人，劉雅婷也在隔壁裝空氣，一點聲音都沒有發出來，他們都沒察覺。

這個時候許昕朵突然說道：「我到現在還記得我摔出護欄的那次呢。」

「九歲的那次？」童延懶洋洋地問。

「對啊……」

當時許昕朵在童延的身體裡，滑雪滑上癮了，夜裡也跑出去滑雪。

其實滑雪場內都有護欄，是那種大大的網，隔一段距離插著一個鐵柱，中間攔上大網。

結果許昕朵為了躲人，側滑摔倒，竟然從網子下方的空隙滑了出去，一下子甩出好遠，還掉在坡下面。

滑雪道有積雪，圍欄外面則是陡坡了，許昕朵摔在下去後摔在石塊上，好半天都無法爬起來。

然後她看到劉雅婷從圍欄那邊爬了過來，不顧危險的從陡坡滑下來，扶著自己。

陡坡的坡度很高，許昕朵當時受傷了沒辦法上去，劉雅婷揹著許昕朵，沿著陡坡一直走，想要尋找合適的地方帶她上去。

劉雅婷當時個子不高，還很瘦，揹著童延的身體非常吃力，卻一聲都沒有吭。

陡坡下都是不規則的石子，還有很多垃圾，劉雅婷滑倒了好幾次，最後才將許昕朵揹回去。

回去後，許昕朵被醫生治療，隱約間看到劉雅婷摔得兩個膝蓋都是青紫的。劉雅婷本來皮膚就白皙，瘀青的模樣實在讓人心疼。

當時在童延身體裡的許昕朵，被劉雅婷感動很久。

從那以後許昕朵會對劉雅婷下意識地照顧，就連她用自己的身體轉學過來，劉雅婷對她的態度一直不好，都捨不得生劉雅婷的氣。

許昕朵突然感嘆道：「說起來，如果當時身體裡的是你，被雅婷揹那麼久，看到她膝蓋上的傷，說不定也會很感動，至少不會像現在這樣對她那麼差。」

「這個也不是我能控制的，而且，我換回來後腳上打著石膏呢，妳知道我當時有多崩潰嗎？」

「好啦，對不起。」

童延也不計較，只是在想最近強制換身體的事情，說道：「最近換得越來越不規律了，就跟初期一樣，不太對勁啊，不控制一下好嗎？」

「這個也沒辦法研究，只能我們兩個人摸規律。」

「可控還好，總這樣很容易造成麻煩。」

「找時間總結一下每次我們交換身體的時候，都在做什麼吧，看看有沒有什麼共同點。」

「嗯。」

劉雅婷坐在椅子上，一雙眼睛睜得圓圓的。

她更不敢動了，怕動了之後，那邊被知道祕密的兩位會突然把她滅口。

她突然想起來，上一次生日會的時候，她和尹嫿一起看這些人玩遊戲。她全程都在緊張沒注意很多細節，卻記得尹嫿說的話。

尹嫿說：「她身上有一些男孩子的小習慣，和延延有點像。」

她當時沒當回事，現在想想，是不是尹嫿發現了什麼？

之前她還震驚，尹嫿為什麼突然接受許昕朵這個突然出現的野丫頭，還願意把許昕朵接到自己的房子住。

尹嫿不是一個願意發善心的人，她經歷過世態炎涼，已經淡了這方面的心思。突兀的對一個女孩子這麼好，總是有原因的。

如果……許昕朵是尹嫿看著長大，視為是親生女兒的人呢？

劉雅婷突然想到，如果許昕朵和童延很早就會交換身體的話……那她喜歡的是許昕朵，還是童延？

她快要崩潰了。

她悄悄地起身，接著悄無聲息地走出去，逃得飛快。

♫

童延和魏嵐都是很會喝水的男孩子，房間裡的水根本不夠他們喝，還不願意燒熱水喝，便一起走出來買水。

童延在自動販賣機前選擇的時候，劉雅婷突然跑到童延身邊，雙眼炯炯有神地看著他。

童延奇怪地看著她，問：「有事？」

劉雅婷突然抬起腿，指著一個穴道問道：「你知道這裡是什麼穴嗎？」

「哈？」童延被問得莫名其妙。

「按這裡管什麼你知道嗎？」

「管什麼？」

「可歌歲月、哆哆抹茶、香緹草莓哪個有巧克力餅乾碎屑？」

「……」童延疑惑地看著劉雅婷，不知道這個人到底是怎麼了，問的都是什麼奇奇怪怪的問題？

「啊？」

劉雅婷看著童延表情逐漸憤怒，接著對著童延大吼：「傻子！我怎麼可能喜歡你！」

「還拒絕我！你配嗎？你當你是誰啊？！垃圾！渣渣！呸！」

「我靠……」童延被罵得莫名其妙的。

「啊啊啊啊！氣死我了！」劉雅婷氣得直跺腳，像在練習原地踏步，瘋了一樣暴跳如雷，在童延面前都晃出虛影了，虛影裡的臉面目猙獰。

童延嚇得不行，問魏嵐：「這怎麼辦？是不是癲癇了？」

魏嵐也覺得很奇怪，試探性地問：「瘋了吧？」

劉雅婷現在不願意跟童延說話，想起以前的事情就生氣，扭頭走了。

魏嵐突然想起來什麼，說道：「我到樓上餐廳找你們的時候，正好碰到劉雅婷慌慌張張地從餐廳裡出來，她是不是看到你和朵爺單獨在一起，生氣了？」

「她……」童延想了想之後，突然一驚，身後的冷汗都出來了，走到一旁傳訊息給許昕朵：『可歌歲月、哆哆抹茶、香緹草莓哪個有巧克力餅乾碎屑？』

許昕朵：『可歌歲月啊！』

童延：『妳和劉雅婷一起吃過？』

許昕朵：『前兩年我常買給她啊。』

童延：『劉雅婷可能知道我們的祕密了。』

許昕朵：『？？？』

許昕朵拿著手機正震驚的時候，看到劉雅婷迎面走了過來。

劉雅婷看到許昕朵之後依舊是不爽的表情，她看了看許昕朵和婁栩，問：「妳們兩個要去做什麼？」

婁栩回答：「泡溫泉啊。」

劉雅婷沉默半晌後問：「我能一起去嗎？」

婁栩看了看許昕朵，許昕朵糾結著問：「我們等妳？」

「好！我馬上去拿泳衣。」

許昕朵和婁栩看著劉雅婷離開，婁栩忍不住問：「暴躁老妹不是最討厭妳嗎？」

許昕朵看著手機裡傳來的訊息，表情複雜：「事情有點複雜。」

童延：『剛才劉雅婷的態度，我怎麼覺得她喜歡的不是我，是妳呢？』

許昕朵：『我碰到劉雅婷了，她要和我一起去泡溫泉。』

童延：『她絕對圖謀不軌！』

第二十一章　只喜歡你

劉雅婷拿東西的速度很快，小跑去小跑回，回來後看著許昕朵時的眼神有些複雜，卻還是跟著許昕朵一起走。

劉雅婷身高一百六十公分，和許昕朵有十五公分的身高差，身材纖細嬌小，跟在許昕朵身邊有點小鳥依人的感覺。

不過，劉雅婷人小卻氣勢驚人，走路帶風，速度不比許昕朵慢。

她們三個到溫泉門口，就看到童延已經在附近等了，他看到劉雅婷後立即走過來，單獨對劉雅婷說：「妳離許昕朵遠一點。」

劉雅婷立即來了脾氣，凶巴巴地吼他：「你管得著嗎？你當你是誰啊？」

童延伸手按住劉雅婷的小腦袋：「來，過來跟哥哥聊聊天。」

「你別擋著我，我和你沒有什麼好說的。」劉雅婷手裡還拿著帶來的東西，不能出手只能用頭頂開童延的大手，然而根本頂不開。

兩個人就這樣較上勁了，許昕朵忍不住說道：「童延，你別欺負她。」

童延立即反駁：「我欺負她？就她那個臭脾氣我能欺負得了她？」

劉雅婷順勢繞開童延的手，快速跑到女池門口，一幅有能耐你就進去抓我的樣子，氣得童延直瞪眼。

許昕朵想了想，跟童延說道：「我和她聊聊吧。」

童延只能妥協，扭頭和魏嵐一起回房間。

魏嵐全程都跟個傻小子似的，有點不能接受劉雅婷的態度變化。

這劇情是——我愛上了我的情敵？

到底是怎麼回事？

♫

許昕朵和婁栩一起進去，換衣服的時候許昕朵有點不自在，她總覺得劉雅婷偷偷看她，乾脆捧著衣服進了隔間裡。

換好泳衣出來後，婁栩驚呼一聲：「天啊，朵爺，妳的身材絕了。」

劉雅婷快速看了許昕朵好幾眼。

泳衣是比基尼式，墨綠色為主體顏色，沒有任何花哨的裝飾，前面擋得嚴嚴實實的，但是會露出大半個後背和腰身來。

加上泳衣十分修身，身材展露無疑。

修長的身材，比例驚人，線條流暢，讓人賞心悅目。

她們三個人去的是小池，溫泉裝潢得很是考究，就像洞穴一般，每個小池都有隔斷，旁邊還有窗戶，可以直接看到夜景。

三個女生在一起，許昕朵泡了一陣子後，湊過去小聲問劉雅婷：「妳是不是知道什麼了？」

劉雅婷側頭看向許昕朵，輕哼了一聲後說道：「不知道。」

「我也覺得童延沒什麼值得喜歡的，又暴躁，又粗心，不懂得體諒人。」

劉雅婷跟著點頭：「對，他就是一個渣渣。」

許昕朵感同身受似的繼續感嘆：「如果我知道我喜歡的人是個精神分裂，我也會非常氣憤。」

「確實來氣。」

「所以妳是喜歡哪個啊？」

「反正不是他。」

「哦，還是知道了啊。」

「……」劉雅婷愣了一瞬間，才意識到自己被套話了，立即咬牙切齒地瞪了許昕朵一眼。

劉雅婷現在的心情非常複雜，她沒能快速接受這個現實，意識到自己喜歡的是一個女孩子，她根本承受不住。

但是，再次看到許昕朵，劉雅婷還是想要湊過去，真的很糾結。

態度一下子改變，劉雅婷覺得太怪了，繼續對許昕朵凶吧，她又凶不起來。

她知道許昕朵的意思，快速保證：「我不會到處亂說的，不然會被滅口，童延那傢伙狠起來是什麼樣我知道。」

「嗯，我相信妳，我一直都知道妳是一個非常善良的女孩子。」

劉雅婷又瞪了許昕朵一眼：「善良個頭啊！他們都說我是小太妹！」

「哦，好厲害哦。」

「哼！」劉雅婷氣鼓鼓地泡在溫泉裡，也不反駁。

許昕朵蒙著毛巾獨自泡溫泉的時候，劉雅婷還是忍不住偷偷看許昕朵，看著看著臉就紅了。

一定是溫泉的水太熱了！

看女生臉紅什麼！

她做了一個深呼吸，接著起身要離開，結果坐太久腿有點麻，身體晃了一下，許昕朵快速伸手扶住她。

劉雅婷扭頭看了許昕朵一眼，突然罵了一句：「笨蛋！」

說完就快速跑走了。

許昕朵和婁栩看著劉雅婷離開，婁栩忍不住問：「這位是來找妳碴的吧？」

「應該……不是吧。」

「真是捉摸不定的女生。」

確實讓人捉摸不透，許昕朵和婁栩回房間，都準備要睡覺了，劉雅婷又來了，還捧著自己的包包：「妳們要吃零食嗎？我帶了好多。」

許昕朵有點不自在，猶豫著回答：「有點晚了，呃……明天可以嗎？」

「我帶了糕點，明天就不好吃了。」說完，劉雅婷跟著進了她們的房間，坐在她們的房間聊天，到深夜才離開。

許昕朵躺在床上看手機上的訊息，童延還在抱怨：『劉雅婷到底要幹什麼？』

童延：『妳們兩個都是女生，她不會是要泡妳吧？』

童延：『我們不搞這個行嗎？』

許昕朵：『你想太多了，我覺得劉雅婷應該是對我有好感，想跟我做朋友，性格還有點彆扭。』

童延：『這都是什麼事！』

許昕朵：『下次我們說話小心一點。』

童延：『嗯。』

第二天，他們一群人聚在滑雪場附近的小火爐轟趴館裡。

童延、魏嵐、蘇威肯定是形影不離的，許昕朵和婁栩結伴，劉雅婷不請自來。

劉雅婷脫掉外套就抱怨：「這個地方也不通通風，屋子裡一股味道。」

許昕朵走過去打開換氣扇，同時打開照明的燈。

魏嵐跑過去設定音樂，對著其他人問：「你們想聽什麼？」

婁栩立即來精神了，跑過去自告奮勇：「我唱給你們聽！」

童延放下包，走到劉雅婷的身邊，問：「妳來幹什麼？」

劉雅婷嫌棄得不行，低聲回答：「放心吧，不是為了你來的。」

說完，扭頭去找許昕朵了，問道：「朵朵，妳不是說妳會撞球嗎？我們打一局吧。」

童延看著劉雅婷這麼明目張膽的纏著許昕朵，氣得咬牙切齒。

童延坐在火爐旁，窩在沙發裡，手裡拿著手機看。

那邊，蘇威圍觀劉雅婷和許昕朵打撞球，另外一邊婁栩和魏嵐在唱歌，他顯得格格不入。

打完一局撞球後，許昕朵把球杆給蘇威，自己走到童延身邊坐下。

這家轟趴館的賣點就是這個火爐。

房間裡有一處火爐，處理得很好，完全不會有煙塵味道，火爐周圍有一圈沙發，還有很多書籍。

來這裡玩的人可以圍坐在火爐邊聊天，甚至是玩玩狼人殺，環境十分愜意。

房間裡其實也有暖氣，為的是其他地方不會太冷。

這個火爐，只是烘托氣氛的。

火爐的縫隙裡能看到火光跳動，聽到燒柴的劈啪聲音。

火爐邊放了木材，可以填進去。這是給都市人體驗用的，然而許昕朵和童延對這種爐子根本不在意。

許昕朵看著童延問：「怎麼總是不開心的樣子。」

「開心不起來。」

「你啊，就是脾氣太大了。」

「怪我囉？」

「嗯。」

兩個人說話間，魏嵐拿著手機走了過來，坐在不遠處用手機傳訊息，婁栩依舊認真地繼續唱歌。

昨天滑雪的時候，魏嵐認識了一個學妹，聊得正火熱呢，此時就是在和學妹傳訊息。

魏嵐很喜歡賣弄自己的渣男音，回訊息喜歡用語音。

魏嵐坐下之後傳了一則語音訊息：『木馬——親親，嘿嘿，小寶貝妳髒囉。』

許昕朵聽完直捂臉。

童延似笑非笑，對魏嵐這副樣子習以為常。

魏嵐根本不理他們，繼續聊自己的。

童延突然湊到許昕朵身邊，小聲說道：「說起來，我也髒了。」

「哈？魏嵐跟你飛吻了？」許昕朵看向他問。

「沒有，被人親了。」

許昕朵的心口緊揪了一下，雖然想過放棄，但是並沒有放得那麼徹底。在聽到這句話的一瞬間，許昕朵還是難受了一下子，卻故作鎮定地問：「被誰啊？」

童延朝許昕朵靠過去，小聲說：「妳啊，喝醉酒那次捧著我親了一口。」

許昕朵好半天沒反應過來，試探性地問：「真的假的？」

「嗯，還讓我幫妳換衣服，我真的是……唉，妳負不負責？」

許昕朵完全不記得這些事情，怎麼回憶都回憶不起來，看著童延的表情，看到他臉上有著狡黠的微笑，開始緊張。

她緊張到突然打嗝，然後伸手拿來不遠處小桌子上的水瓶擰開，喝了一口。

童延看著許昕朵喝完，才提醒：「那瓶我喝過。」

許昕朵的臉瞬間紅了，童延看得清清楚楚的，心情瞬間好了起來。

許昕朵慌張到不行，小聲解釋：「我當時應該是喝多了，不受控制，所以……我……不是故意的。」

「哦，可是，我確實髒了，怎麼辦啊小寶貝。」

「你別亂叫！」

「不想負責啊？」

「我打你哦！」

「喲，凶死了。」

就在許昕朵被調戲得有些受不了的時候，劉雅婷走了過來，舉著撞球杆突然插在兩個人中間，說道：「聊天用得著靠這麼近嗎？」

劉雅婷練過擊劍，水準不錯，如今拿著撞球杆英姿颯爽，位置找得極準。

許昕朵順勢站起身來，將瓶蓋擰上，隨手放在一旁，說道：「我去看看妳和蘇威打撞球。」

劉雅婷滿意地帶著許昕朵走了，走了兩步還不忘回頭對童延豎起中指。

童延「嘖」了一聲，看劉雅婷越發不順眼。

看印少疏不順眼，是許昕朵覺得他長得好看。

看邵清和不順眼，是因為邵清和總盯著許昕朵，態度曖昧不清。

然而劉雅婷更囂張了，特別直白，明目張膽的，童延還拿劉雅婷一個女生沒轍。

許昕朵在一旁站好，偷偷看向童延的時候，發現童延拿起那瓶水又喝了一口。

她的耳朵又開始發燙了。

這感覺真要命。

從知道自己親過童延之後，許昕朵就有點躲著童延，實在是不知道該怎麼面對童延。

她現在只要感受到童延的目光，甚至是聽到童延的聲音，臉頰都會發燙。

許昕朵不想這樣，然而她完全控制不住。

怎麼就沒有記憶呢？

想想是什麼感覺也可以啊！

許昕朵回去的一路上都沒和童延說一句話，他們約一起吃晚飯，許昕朵也拒絕了，說想回去休息一下。

沒有一起吃晚餐的壞處就是許昕朵晚上自己餓了，婁栩還沒回來，說是去別的房間聊天了。

她一個人在床上吃一下零食，還是沒辦法果腹，最後起身穿上衣服去餐廳吃飯。

她來的時候已經比較晚了，餐廳裡的人不多。她隨便點一碗麵條，吃飯的時候注意到邵清和一個人站在圍欄邊。

她吃完麵，準備離開的時候又回頭看了看站在圍欄邊的邵清和，注意到邵清和有些不對勁。

許昕朵推開餐廳的門，一陣寒風襲來。

這裡是滑雪場的最高處，外面有觀光圍欄，然而沒有太多的遮擋，夜裡的寒風彷彿藏著刀，直吹面門。

許昕朵忍不住打了一個哆嗦，朝著邵清和走過去，看到邵清和神情木訥，身體微微搖晃，似乎隨時都有可能跌下去。

能在這種寒風裡站這麼久已經非常可怕了，此時還是這種狀態。

許昕朵伸手扶一下邵清和的手臂，邵清和瞬間回過神來，朝許昕朵看過來。

隨後邵清和微笑：「抱歉，想事情恍神了。」

許昕朵扶著欄杆朝下看：「這個地方確實高，但是下面有雪，摔下去也死不透。」

邵清和的笑容有些尷尬，說道：「我……應該還能再堅持堅持。」

許昕朵覺得很冷，不想多留，剛想轉身離開，就聽到邵清和問她：「是不是像妳一樣，和原生家庭沒有感情，所以離開他們才會沒有任何心理負擔？」

許昕朵思考了一下才回答：「我也掙扎過，只是失望的次數多了，就……倦了。」

「我媽媽讓我裝病的事情敗露之後，她和我父親的關係再次到了冰點，卻還是不離婚。她前天自殺了，割腕，手腕泡在浴缸裡，被發現後送去醫院，發現得還算及時，命保住了。但是那麼大年紀了，這麼鬧也出現一些問題，還在住院。」

許昕朵看著邵清和，一時間不知道該說什麼。

她知道，邵清和只是想找一個傾訴的對象，剛好他們兩個人同病相憐。

邵清和嘆氣後繼續說道：「她可能覺得我會妥協，會留下來陪她，我還是選擇來了冬令營。她開始歇斯底里，又一次要死要活，說我沒良心，是白眼狼，白把我養這麼大。」

「她不肯看醫生，我找醫生來，她就罵我，說我覺得她是精神病，鬧得不可開交。」

「她是不是有心理疾病？」這已經不太正常了吧？

「你想脫離這個家庭嗎？」許昕朵沉著聲音問。

「嗯，我哥哥已經自殺了，我怕我堅持不了多久了……」

「你離開那個家庭，就沒有錢了。」

「不會，我比妳想像中厲害，我甚至有自己的店。」

「很早就做好離開的準備了？一直在未雨綢繆？」

「嗯，我想過正常人的生活，並不是這副裝病的樣子。我也想去滑雪，我也想按時上學放學，如果我正常上課的話，妳不一定能考過我。」

許昕朵突然嘆氣，說道：「唉，雖然知道你的心情不好，但是不得不打擊你。就算你正常上課，我一直不正常學習，你也不一定能考過我。」

這句話成功把邵清和逗笑了。

許昕朵說道：「那就去滑雪吧，做出你的第一步。」

邵清和回答得委屈兮兮的：「我不會。」

「找穆傾亦教你。」

「他其實是個體育白癡。」

「哈？」

「妳記不記得我們去看妳打網球，當時穆傾亦也不太相信妳的體育很好，畢竟他體育不好。結果看到妳打完網球，穆傾亦半天沒辦法平靜下來。按理說你們是龍鳳胎，怎麼差距這麼大？」

許昕朵也很意外，說道：「他看起來不像啊。」

「妳看過穆傾亦活蹦亂跳的樣子嗎？」

「沒有。」

「妳看過穆傾亦跳舞嗎？」

「沒有。」

「他跳舞不行，甚至分不清左右腳。他看起來瘦是因為挑食，甚至沒有一點胸肌和腹肌，身材都不如我這個半病秧子。」

許昕朵現在只有一個想法，趕緊跑，這是不是我的問題啊！

結果就聽到邵清和叫她：「朵朵妹妹。」

「我身體不行，我不能受凍！」

「就一下，妳教我那些東西怎麼穿上去，怎麼開始滑，怎麼停止就行，晚上沒有教練了。」

許昕朵扭頭就走，走到門口指著門把說道：「就十分鐘！現在你開門，這個門把太涼了！」

邵清和立即微笑著跟過來，伸手打開門，頗有紳士風度的低聲說道：「請。」

許昕朵戴上羽絨服的帽子，帶著邵清和去滑雪場。

邵清和甚至沒有滑雪板，滑雪服都要租。

許昕朵看著他說道：「我勸你多穿一層襪子，或者乾脆套一個塑膠袋。」

邵清和很聽話，一時間找不到多餘的襪子，就去買了兩個塑膠袋，套在腳上。

衣服穿戴整齊後，許昕朵開始現場教學，告訴邵清和注意事項，邵清和聽得特別認真。

之後邵清和去雪地上嘗試，許昕朵也跟著走了幾步，站在他不遠處，又指點兩句。

許昕朵想要離開，又突然轉過身來看向邵清和，問道：「你經常觀察人，那你覺得童延喜歡我嗎？」

邵清和聽到這個問題十分意外，問：「在妳看來，我很適合做閨密嗎？」

「閨密做不了，但是偶爾聊天還是可以的。」

「他啊……」邵清和想了想後說道，「如果妳稍微有一點想和他戀愛的跡象，他下一秒就是妳的。不過，妳有合約在吧？」

就是因為有合約在，許昕朵才會陷入糾結。

她氣鼓鼓地低下頭陷入思考，結果聽到邵清和說道：「等待迎接暴風雨吧。」

「嗯？」

「妳回頭。」

許昕朵回過頭，就看到童延站在不遠處，雙手放進外套的口袋，下巴埋在領口裡，面色陰沉地看著他們呢。

那架勢，有點死神降臨的感覺。

邵清和看到童延的樣子就忍不住笑了，說道：「我去滑雪了，妳自己考慮吧。要他，還是要妳的事業，如果毀約不僅僅是違約金那麼簡單。」

「我知道。」

如果許昕朵剛剛入圈就毀約，那麼帶來的影響不僅僅是違約金，這個圈子恐怕再難接受許昕朵了。

一點契約精神都沒有的模特兒，誰願意合作呢？

合約期間內和童延在一起，許昕朵就要直接放棄這個行業，這段時間的培訓也會付諸東流。

她都清楚。

邵清和不再囉嗦，轉身繼續滑雪，動作並不是很熟練，努力好半天，才滑出去十公尺遠。

許昕朵則在這個時候朝著童延走過去，童延沒出聲，沉默地和許昕朵並肩出了滑雪場地。

兩個人並肩離開的時候，只有衣服窸窸窣窣的聲響，許昕朵卻逐漸開始不安。

童延很少這麼沉默。

到了人少的走廊休息區，童延拉著許昕朵到一旁讓她坐在沙發上，接著拉開自己外套的拉鍊，蹲在她的身前。

他脫掉許昕朵的鞋子，捧著她的腳抱進懷裡，用外套裹著，氣呼呼地仰頭問她：「妳又不冷了是不是？」

「我只是教他怎麼滑，就一下子，沒什麼事。」許昕朵小聲說，她幫邵清和的時候多半在屋裡，跟著出去的時間十分鐘都不到。

「那麼多人可以教他，他怎麼不找別人呢，怎麼只有你們兩個呢？怎麼這麼晚了你們還能到一起去？」

「在餐廳遇到的。」

「我要帶妳去吃飯，妳不去，然後和他吃飯？」

「我不是和他吃飯，我是遇到他了，我看他的狀態不對，像要跳下去自殺，就去攔了一下。」

童延特別不解，問：「邵清和是病入膏肓活不久了嗎？想要自殺？」

「這是他的隱私我不好說，但是他也挺可憐的。」

「許昕朵，我也挺可憐的，我要難受死了，因為妳！」

許昕朵斟酌了一下之後說道：「童延，我有合約在。」

「我知道！」

「別讓我為難好嗎？」

童延愣愣地看著她，這是被拒絕了嗎？

童延微微蹙眉，卻沒鬆開許昕朵的腳，不死心地追問：「就不能違約嗎？」

「並不是違約這麼簡單，如果我剛剛入圈就違約，就證明我是一個沒有契約精神的人。這樣，我在這個圈子真的沒辦法再混下去了。」

「妳現在還沒正式開始呢，付個違約金，處理好了，一點問題都沒有，相信我好不好？」

「童延，違約金我付不起，我不想靠著你，我想自己有收入來源。我和我的媽媽生氣，是因為她完全依附於我爸爸，活得一點尊嚴都沒有了，我看著她就覺得很氣，我不想成為和她一樣的人。」

童延抿著嘴唇，他想成全許昕朵，也不想放棄她。

他最後認認真真地問許昕朵：「那妳……喜歡我嗎？」

「我放棄了。」

「放棄了是什麼屁話？」

「童延，我暗戀你好多年了，我不知道是從什麼時候開始的，我有這方面的意識後就開始了。這些年裡我非常糾結，我很害怕，害怕你發現之後會像對待劉雅婷那樣對待我，那樣我們兩個人連朋友都不是了……然而我放棄了、簽了不能戀愛的合約後，你卻來招惹我，你是來折磨我的嗎？」

童延從來都不知道這些事情，驚訝萬分，蹲著的身體僵直，木訥的看著許昕朵。

許昕朵暗戀他？

這件事情有些夢幻。

他喜歡的人，剛好也喜歡他。

哦不，是喜歡過他。

上一次看到許昕朵的作文，童延曾經想過這件事情，在被許昕朵否認之後他也覺得應該不可能。

如果許昕朵喜歡他，他應該能察覺到才對，怎麼可能一直不知道？

現在仔細想一想，才發現許昕朵的喜歡是小心翼翼的，一直隱藏得很好。在他沒意識到的時候，他一直在對她好，卻說她是自己最好的兄弟。

當時的許昕朵是怎樣的心情呢？

現在想想，他還挺渣男的？

童延丟了半晌的魂才回過神來，趕緊問許昕朵：「那現在還喜歡嗎？」

許昕朵想要將腳抽回去，卻被童延抱得緊緊的，這種姿勢騎虎難下，她只能回答：「我都說了我放棄了。」

「我問的是還喜歡嗎？」

許昕朵和童延對視了良久後，才承認：「喜歡。」

童延狂喜。

喜悅讓他身上的每一個毛孔都張開了，嘴角抑制不住的上揚，就連微微發顫的髮梢都有著欲蓋彌彰的狂喜。

他覺得被治癒了，呢喃一般地說道：「喜歡就夠了。」

「可是我有合約在！」許昕朵趕緊提醒。

「合約不就一年嗎？現在也就……還有十一個月？」

「嗯。」

「我又不是等不了，我又不是十一個月後就不喜歡妳了，妳那麼沉重幹什麼？妳喜歡我幾年，我追妳一年，妳覺得行嗎？」

許昕朵還是覺得有點不妥，回答：「不好，我這麼算是在吊著你吧？我不幹這種事情。」

「我都不在意，我不差那麼點名分，妳別跟別人跑了就行。別理劉雅婷，別看印少疏，離邵清和遠一點，其他的都好說，行不行？」

「你追我，還要求我這麼多？」

「對，我追妳，但是妳不能老是讓我吃醋啊！」

童延終於肯鬆開許昕朵，覺得許昕朵的腳已經暖和過來了，他耐心地幫許昕朵穿上鞋子。

許昕朵穿好鞋子起身就走，童延不依不饒地跟著許昕朵說道：「喂，表個態嘛。」

「表什麼態？」許昕朵回頭問他。

「保證不讓我吃醋就行，不然我什麼都做得出來。」

「你能做出什麼？」

「我都髒了，小寶貝也要髒。」

許昕朵知道童延這句話的意思是什麼，立即慌了，回手就要拍童延一巴掌。

童延早就被打出經驗了，躲得很快，他可是知道許昕朵害羞就出手的毛病。

許昕朵急吼吼地說：「你別學魏嵐那些亂七八糟的！」

「好，不學，學我爸怎麼樣？」

「……」童瑜凱還不如魏嵐呢。

兩個人即將到許昕朵房間門口的時候，許昕朵突然停下來看向童延，說道：「你說要追我，都還沒表白呢，反而是我先說了，這不公平！」

「好，我表白，我喜歡妳。」

童延說的時候在笑，模樣看起來有幾分輕浮，那種輕飄飄的語氣，還有那種笑意滿滿的眼神，都讓許昕朵的心裡像有小蟲在爬，難耐得很。

許昕朵故作鎮定地看著童延，隨後說道：「我不喜歡其他人，我只喜歡你。」

童延聽到這句話，差點沒笑出聲來。

接著聽到許昕朵繼續說：「所以你不用吃醋，我連你都不答應，他們也不會答應。」

「嗯，我知道了。」

「我現在有合約在身，所以不能談戀愛，這期間你也可以再考慮一下和我能不能有未來，或者我們合不合適。等我合約期限滿了，我們再看看要不要在一起。這期間，我不吊著你，你是自由的。」

童延站在她身前，微微俯下身，在她耳邊說：「不用考慮，就是喜歡妳，我喜歡妳就是未來。」

許昕朵努力保持鎮定，然而通紅的耳垂卻出賣了她。

她特別沮喪地說了一句：「我總覺得我們兩個人可能沒有緣分，不然怎麼會出現這種波折？」

「這種小波折，是能磨練我更好的珍惜妳的機會，無所謂，我反而覺得挺好的。」

許昕朵快速看了童延一眼，又不好意思了，剛剛抬起手就被童延握住手腕。

童延看著她蠢蠢欲動想要暴打他一頓的小手，有點無奈：「我說妳這個臭毛病能不能改改？動不動就打人可不好。」

「你、你別亂說這些話就行了！」

「原來妳這麼容易害羞？」

許昕朵最後踩了童延的腳，轉身準備回自己的房間。

童延從她的身後抱住她，任由許昕朵晃了晃身體也不鬆開，接著聽到童延低聲說道：「對不起，是我太笨了，之前沒發現這件事情。暗戀的感覺很難受吧，我這麼短一段時間都要難受死了。現在輪到我了，我很開心，因為對方是妳。」

「鬆開！」

「好。」童延聽話地鬆開了，許昕朵快速跑回房間裡。

童延看著自己鞋上的腳印都沒發作，還覺得挺可愛的，笑瞇瞇地往回走。

再過十一個月，他就有名分了。

♫

冬令營結束後，許昕朵開始正式工作了。

她的工作排得還挺滿的，初期的作品大多沒有很高的酬勞，畢竟許昕朵是個新人。她沒有任何人氣，並且迫切地需要工作機會來磨練自己，增加工作經驗。

作品多了，被發現的機會也多一些。

公司幫她安排，先是拍幾套各種風格的寫真，找到她的定位。

這些寫真也會用於製作她的個人簡歷，之後會投遞給合作單位。

她前幾份工作，其中一份是幫雜誌拍攝插圖。

很多文藝小清新的雜誌，會選用外形不錯的女孩子拍攝相片，在雜誌裡做插圖，或者彩頁，有時會是封面人物。

前些年流行小清新，紅了一批初戀臉女孩。她們穿著校服，笑容甜美自然，經過行銷之後，照片紅了，這個平面模特也算是捧起來了。

有些平面模特成功轉型成藝人，還拍攝了電視劇。

星娛幫許昕朵安排的，也是這樣的路線。不過許昕朵對演戲不感興趣，只會繼續做模特兒而已。

許昕朵和現在大眾流行的女孩子有很大的不同，標準的高級臉，看起來高冷，生人勿近，有超模的氣質。

她的氣質清冷，又霸氣又帥。

公司裡的團隊看過許昕朵後，沒有選擇美少女之類的路線，第一批相片是仿男裝。

這還要歸功於許昕朵穿童延校服，去學校被偷拍的相片。

剛來公司，張哥跟許昕朵要相片，最好有全身的。許昕朵傳了幾張婁栩幫她拍的，順便把論壇裡她穿男款校服的圖片也傳了過去，第一批圖就這樣定義好了。

她這一組相片並不是自己單獨拍攝，還有其他公司的兩個人，一男一女。

女孩子是長相甜美的少女，十五歲就開始做平面模特兒了，初期是蘿莉塔服裝模特兒，後來改走小清新路線，也就是走早期的路線。

出道三年，處於不溫不火的狀態，社群網站和影音平臺有一部分粉絲，一些漫展也會邀請她去做嘉賓。

男孩子是一個網紅男生，長得還不錯，只是化妝後的鼻側影看起來著實有點彆扭。

許昕朵努力告誡自己別像沒見過世面似的，但是目光頻頻被男孩子的鼻側影吸引。

用東北話說，就是鼻子兩邊黢黑。

這麼髒的妝，也是苦了後製了。

他們這一次的拍攝是有主題的，許昕朵和可愛的女孩子是閨密，男孩子喜歡那個女孩子，許昕朵對男孩子有敵意。

大概的意思就是：我的閨密在我身邊是寶貝，如果你敢對我閨密不好，就等著迎接暴風雨吧！

許昕朵在相片裡穿著白色襯衫，藍色牛仔褲，白色的板鞋。服裝看似不顯眼，但是越是這樣的服裝，越能出片。

並沒有刻意戴短假髮，只是將她的黑長直頭髮綁成單馬尾，留下瀏海。整個人看起來乾淨俐落，十分幹練。

拍攝地點在電子遊樂場，其中一個鏡頭是許昕朵攬著女孩子的肩膀，看向那個男孩子。

攝影師的鏡頭對準他們，身邊的助理說道：「朵朵的眼神再挑釁一些。」

挑釁的眼神，許昕朵想到的童延，這小子平時看人的眼神就像在挑釁，只要模仿童延，這種眼神根本不在話下。

攝影師立即說道：「不錯，感覺很到位。」

拍攝完畢後，許昕朵在整理服裝時，發現陪同自己來的工作人員已經走了。

她現在沒有名氣，身邊沒有助理，張哥把她送過來之後就留下她就去忙別的了，她只能一個人在這裡處理事情。

之前告訴她中午有便當，結果他們直接拍攝到了下午六點多，也沒有幫她準備中午的飯，甚至沒有停下休息過。另外兩位沒提，她一個新人更不能說什麼了。

這時大家都打算離開了，她也就沒說，規規矩矩地換了衣服，服裝給了造型師，和所有工作人員打完招呼後，她在商場裡晃了晃。

她已經餓得有些胃疼了。

她有一個小毛病，就是餓的太厲害了，身體會不受控制的打顫，拍攝後期完全就是在硬撐。

這種時候她也不敢吃什麼，到豆漿店點了一點東西，大致吃了一些後，覺得腸胃舒服一點就停了下來，將剩下的東西打包。

每次餓久了，不能一次性吃得太飽，她過半個小時或者一個小時後，還要再吃一頓。

不想矯情的人，卻有著矯情的身體。

在等車的時候，許昕朵傳訊息給張哥，告訴他自己拍攝完了。

張哥：『明天出外景，提前準備一下。』

許昕朵：『好的。』

傳完訊息後，她又傳訊息給童延：『我拍攝完了。』

童延：『這麼久啊，妳吃晚飯了嗎？』

許昕朵：『吃完了，我打算回家了，等德雨過來呢。』

童延：『我去妳那邊等妳。』

許昕朵：『你今天不是練琴嗎？』

童延：『已經一個下午了！我要崩潰了！』

許昕朵：『繼續練，我的鋼琴小王子。』

童延：『哦，好吧……那等妳回家後我們視訊。』

♫

第二天，張哥直接傳了一個定位給許昕朵，沒有送許昕朵過去的打算。

張哥：『妳去這個地方，到了之後聯繫我傳給妳連絡資訊的那個人，之後會有工作車送妳去拍攝地點，我今天和嬌嬌姐去談合約。』

許昕朵：『好。』

許昕朵聯繫德雨，坐著車子到達定位的地點。

許昕朵來得早，到的時候工作的車還沒到，她讓德雨將車停在停車場，坐在車裡等候。連絡人告訴許昕朵她們馬上到了之後，許昕朵立即穿著外套準備下車。

德雨攔著她說道：「這麼著急下去幹什麼啊？車來了再去唄，妳不是怕冷嗎？」

「我不想讓他們看到我坐的車。」

「也是，妳出來打工坐豪車，還這麼漂亮，難免被非議，把衣服穿好了啊，別凍著。」

許昕朵答應之後下車，然而這位連絡人說話不太可靠，前腳告訴許昕朵馬上就要到了，結果十分鐘後才到。

許昕朵上了麵包車後，連絡人倒是熱情，笑呵呵地說：「抱歉啊，剛才在十字路口那裡塞車了。」

「沒事，我也只等了一下。」

他們還要和別人匯合，剛好這個時候德雨開車離開，司機看到這輛粉紅色的保時捷九一一，立即評價道：「妳看這輛車，一看就是小三開的。」

許昕朵看了司機一眼，之後全程不理司機，司機搭話也是十分敷衍的回答。

她不喜歡這種對女性有偏見的男人，好像女人的成功，全部都是憑藉投靠好男人。

化妝師伸手扳過許昕朵的臉看了看，說道：「昨天晚上在家裡敷面膜了嗎？」

「嗯，敷了。」

「底子挺好的，等一下我們就在車裡化妝，都是這樣的條件，妳先習慣習慣。」

「好的。」

很多劇組也都是這樣的化妝車，一輛麵包車，內部沒多精緻，一看就是經歷過很多戰鬥的。坐在車裡坐椅都有點晃，後座放了一堆設備與服裝。

許昕朵在車上的時候留了一個心眼，是尹嫿提醒許昕朵的。

很多化妝車會被人安裝隱形攝影機，偷拍女性藝人換衣服，讓許昕朵留一些。

所以她在上車後就看了看尹嫿說的地方，確定沒有什麼異常才放下心來。

她知道要拍外景，提前吃提高免疫力的藥，連能夠預防流感的藥也吃了，就是為外景做準備。

然而真的拍攝外景後，她還是冷得有些受不住。

他們在雪地拍攝，許昕朵穿的居然是一件裙子，光腿露胳膊。她的妝感也是蒼白的感覺，攝影師很喜歡拍她睫毛上的霜。

穿著裙子，趴在雪地上被攝影師拍攝的時候，許昕朵一直是在發抖的，卻要努力撐著。

這個時候她甚至在想，自己的身體適不適合做模特兒。

不過她還是堅持了下來，不出名的時候不能選擇，給她什麼工作都要做，等出名了可以選擇的時候就好了吧。

就像現在的尹嫿一樣，只拍自己喜歡的，碰不到好劇本就一直休息。

工作人員也很體諒許昕朵，拍攝一陣子後就會有人過來幫許昕朵披上軍大衣，送來暖水杯，讓她休息一下，恢復過來了再繼續拍攝。

在許昕朵再次去拍攝的時候，有工作人員小聲說：「這個小女生挺拚啊，不像個新人。」

「我都看到她咬後槽牙了，結果被杜哥制止了。」

「鏡頭感很好。」

「上鏡，一看就沒整過，自然好拍。」

許昕朵拍攝完畢後，立即被人帶到車上，對她說：「小妹妹，我在旁邊村子買了煮玉米，妳先吃一點，我們高姐去附近找飯店了，妳先暖和暖和，我們拍另外一位模特兒。」

許昕朵裹著大衣，捧著玉米點頭。

她在那人離開後把車門拉上，披著軍大衣還是冷，又將自己的羽絨服拽了過來，吃玉米的時候生理性地掉眼淚，單純是因為冷。

因為是外景，且非常冷，工作人員的速度也都非常快，兩位模特兒，快速拍完後上車休息。攝影師杜哥坐在車裡翻看相片，想要看看成品怎麼樣，需不需要補拍。

許昕朵和其他的工作人員捧著便當吃。

杜哥來回看了三遍才，點頭說道：「好，回去吧。」

為了找雪景好的地方，他們特地來偏遠的地方，旁邊只有一個人不多的村子。路程遠，不能白來，杜哥來回看也是出於謹慎。

化妝師問許昕朵：「條件有點艱苦，妳去後排換衣服可以嗎？我幫妳舉著衣服擋著。」

許昕朵也明白，她不能讓其他人下車，等著她換衣服再上車，也就點頭同意了。

車子的前排還有攝影師和司機等男性，化妝師舉著一件衣服，因為路面顛簸，舉著的衣服總在搖晃。

許昕朵第一次在這麼惡劣的情況下換衣服，速度飛快。她先在裙子底下套上褲子，接著將自己的衣服套上，在衣服裡將裙子脫下來。

全程特別謹慎。

許昕朵換完後另外一位模特兒還要換衣服，許昕朵便在車子行駛的途中，給那個女孩子讓位置，還因此撞了一下頭。

許昕朵知道他們對自己的車子有偏見，到了離開的地方，故意繞開他們，找了另外一個地方傳定位給德雨。

坐到車上的時候許昕朵覺得有些不舒服，想了想後沒去尹嫿的別墅，而是去了童延為她準備的房子。

她不想讓尹嫿擔心。

她讓德雨買了溫度計和治療普通感冒的感冒藥，還有退燒貼等東西。

「需要我照顧妳嗎？」德雨問她。

「沒事，只是有點不舒服，沒什麼大不了的。」

德雨挺擔心，不過還是離開了，沒有強留。

許昕朵回到家裡量了體溫，目前溫度還是正常的。

她現在的症狀是頭疼，有些流鼻涕，喉嚨也有些不舒服，其他都還好。

她的確有吃藥，但是預防的藥只能對抗流行性病毒感冒，對普通感冒是無用的。她現在屬於傷風，根本防不住。

她回到房間，躺在床上休息。

睡得迷迷糊糊的時候，隱約間感覺到光亮，接著有人伸手摸了摸她的額頭，罵了一句：「靠。」

許昕朵醒了，睜開眼睛看到童延居然出現在家裡，立即問道：「你怎麼來了？」

「德雨說妳身體不舒服，一個人在這裡不放心，就跟我說了一聲。」

「哦……」

童延氣到不行，拿起一旁的藥盒看了看後說道：「妳可真有能耐，每次有感冒肯定落不下妳，妳倒是挺響應號召的，別的不行，感冒肯定衝在第一線。」

「我應該只是普通的傷風。」

「普通的傷風燙成這樣？暖暖包都沒有妳身上恒溫！」

許昕朵乾脆翻了個身，小聲說道：「我沒事，睡一覺就好了。」

童延還是脫掉外套走了過來，俯下身，用他的額頭貼著她的額頭說道：「換過來。」

童延要替她難受，她立即拒絕了：「沒事的。」

「聽話，那個薑湯什麼的我不會煮，我能把廚房弄爆炸。」

「其實不用煮，我吃過藥了，睡一覺就能好很多，我有經驗。」

童延真的是被氣到了，胸口發悶。

平時痛經都能換，怎麼這次就不行了？

病糊塗了是不是？

還有經驗？這話怎麼這麼氣人呢？感冒有經驗她還挺驕傲是不是？

童延只能盡可能地忍住脾氣，再次說道：「許昕朵妳能不能聽話？換過來！」

許昕朵不理，扯起被子蒙著自己的臉，不想童延代替她。

童延氣得不行，伸手去扯被子，將她從被子裡拽出來，此時身體不舒服的許昕朵明顯不是對手。

童延捧著她的臉問：「聽不聽話？」

「不！」

「好，那我們一起生病，一起受著，行吧？」童延說。

許昕朵還沒反應過來，童延已經吻了過來。

一個十分強勢的吻，帶著霸道的架勢，不容拒絕。

許昕朵吃了一驚，眼睛瞬間睜大，伸手推童延。

然而童延不鬆開她，一隻手將她抱得緊緊的，一隻手按著她的後腦勺，讓她無法逃離。

溫熱的，柔柔的，這就是許昕朵對初吻的印象。

兩個人都不會，沒有技巧，甚至刮到虎牙，一陣陣的疼。

童延原本是賭氣，結果親著親著就不想鬆開她了。

他覺得，之後就算是被許昕朵揍一頓都值了。

許昕朵艱難地推開他後，並沒有說責怪的話，反而是跟童延解釋：「普通感冒不太會傳染。」

童延之前的情緒還沒收回來，眼裡帶著侵略感，以及一絲欲望，看著許昕朵的眼神有點恍惚。

聽到這句話，他愣了一下後吞咽了一口唾沫，這才回應：「哦……」

「你走開！」

「哦。」童延立即退開。

童延老實了，退開的時候用大拇指擦了擦嘴唇，眼睛盯著許昕朵看。

許昕朵則是往被子裡躲，突然從被子裡伸出腿要踢他，結果他站的遠，沒踢到。

童延走過去，說道：「重踢吧，我站過來了。」

許昕朵用腳踢童延一下，收回去。然而童延發現，他看到許昕朵白皙的腳丫子與纖細的腳踝都會眼饞。

心中還是蠢蠢欲動的，某種心情往外爆發，讓他想做很多事情。

但是他忍住了，血氣方剛的年紀，要懂得收斂自己的行為。

他嘆了一口氣後說道：「我煮薑湯給妳喝吧。」

「你不是說會炸了廚房嗎？」

「也只是說說，我幫奶奶煮過粥。」

童延走出去，在廚房忙碌了半天。

廚房距離許昕朵的臥室很遠，許昕朵完全聽不到任何聲響。

她躲在被子裡探頭看了一眼，確定童延不在房間裡後捂著臉，在被子裡翻了好幾次身，滿床打滾。

接著突然停下來，再偷看一眼。

啊啊啊！

她和童延接吻了！

原來是這種感覺嗎？

不對不對，她都放棄了，她不應該是這種心態。

但是她控制不住，特別開心。

如果是別人，許昕朵一定把那個人打到生活不能自理。但是，這個人是童延，許昕朵不但氣不起來，還有點小開心。

她剛才是不是緊張的時候咬到童延了？他的舌頭沒問題吧？

她又想起魏嵐的土味情話。

啊啊啊，她髒了！

心裡波濤洶湧，但是許昕朵表現出來卻是十分淡定，甚至還有些冷淡。

童延走進來送熱水給許昕朵時，看到許昕朵冷冷地看了他一眼，嚇得趕緊跑了。

童延剛才準備進來的時候，心裡在打鼓。

這種感覺他已經很久沒有過了，小的時候沒有好好練琴，看到尹嫿嚴肅的表情會這麼緊張。長大成了天不怕地不怕的小霸王後，再次這麼緊張，居然是去見許昕朵。

走出房間後他確定，許昕朵肯定是生氣了。

還沒確定關係，只是互相表白就做這樣的事情，真的有點過分。

只被踹一腳都是輕的，許昕朵大概是身體不舒服才沒繼續揍他。她剛才都不想看他了，這才是最可怕的，願意揍他還是好的，不理他才是最可怕的。

他在顧著薑湯的時候，真的是煩惱到不行。

等一下跪著餵她吧？

或者負荊請罪吧？

要不然進房間裡主動倒立，不到兩個小時不起來？

他捧著薑湯進入房間，放在床頭櫃上，自己坐在床邊想要扶許昕朵起來，就看到她自己主動坐起來了。

童延幫她吹了吹後，一手執湯匙，一手托在下面餵許昕朵。

許昕朵本來是想自己喝的。

用湯匙喝，這麼一大碗大概要喝半天。

但是童延都餵過來了，她還是喝了一口。

童延的目光不自覺地盯著許昕朵的嘴唇看。

看著她吞咽一口薑湯，下意識跟著吞咽一口唾沫。

許昕朵注意到這個小細節，問他：「你也想喝？」

「我、我饞的不是薑湯。」

許昕朵也不好意思，小聲回應：「哦。」

兩個人一起害羞起來。

童延嘗到甜頭之後的感覺只有一個——沒親夠。

所以現在他又忐忑，又想再去親她，這種感覺糾結到不行。

不過他還是理智的，沒有做太衝動的事情。

許昕朵看了童延一眼，說道：「我沒生氣。」

童延立即看向她，驚喜得不行，接著看到許昕朵也慌了，卻還在努力鎮定的樣子：「但是！你……你不能這樣……突然的，知道嗎？」

一句沒頭沒尾的話，童延懂了，點頭回答：「哦，好。」

許昕朵繼續警告：「如果有下次，我就揍你了！」

「只要不打死就行。」

這明顯是還想有下次！

許昕朵沒再理童延，捧起薑湯對著碗吹了吹，接著直接一飲而盡。

這東西不適合用湯匙，不過癮。

乾了一碗後，許昕朵快速躺進被子裡，還在被子裡調整，把自己裹得嚴嚴實實的。看起來挺有經驗，但是在童延的角度看，就是一條蠕動的大蟲子。

許昕朵說道：「我要捂汗了，你回去吧。」

「我今天在這裡住。」

「那你去客房吧，記得幫我關燈。」

童延看了許昕朵半晌，又問：「真的不換過來？」

「不用！」許昕朵倔強地說道。

「妳這次怎麼這麼倔呢？」

「主要是覺得沒必要。」

童延站起來找到保溫杯，幫許昕朵倒了一杯熱水。

接著又去廚房裡洗了水果，想削蘋果皮，削完覺得蘋果少了三分之一，最後還是放棄了，自己啃了那個蘋果。

之後再拿來一個蘋果，切兩半，放在盤子上就算是完成了。

放好水，準備好水果，他繼續思考還需不需要別的，最後走過去打開了加濕器。

他們位處北方，冬天十分乾燥，尤其是有地暖氣的時期，開著加濕器嗓子會舒服一些。

做好了這些之後，童延又把手機放在許昕朵伸手就能拿到的地方，說道：「有事就打電話給我，我就在隔壁。」

「嗯。」許昕朵含糊地說了一聲。

童延關了燈，離開房間。

♫

第二天一早，童延爬起來打算做早飯給許昕朵，走出房間看到許昕朵已經穿戴整齊，打算出門了。

童延立即走過去看著許昕朵說道：「妳出去幹什麼？」

「工作啊！」

「妳生著病呢！」

「只是有點傷風，吃了藥好多了，現在只是稍微有點咳嗽加流鼻涕，沒別的事情了。」

童延看著許昕朵拎著包準備出去了，立即走過去擋著門，質問她：「妳不要命了？」

「要啊！」

「那妳還這麼拚？」

「為了值得。」

「這工作值得妳拚命？」

許昕朵認認真真地搖頭，說道：「要讓這個工作值得你因為它等我一年。」

童延突然被說服了！

五體投地的服。

恨不得現在親自送許昕朵出門的服。

甚至想去包了許昕朵團隊便當的服。

童延哽了半天後，說道：「好，妳贏了。」

許昕朵對著童延微笑，還打開包包給他看：「你看，我準備了好多暖暖包，還有紙巾，夠我擦鼻涕了。」

「嗯，過年放假吧？」

「肯定的啊，工作人員也要休息，我們模特兒部門真的是工作最少的了。」

童延嘆氣說道：「過年期間爸爸、媽媽最忙了，他們短時間內都不會回家，妳昨天沒回去媽媽都不知道。我打算把奶奶接過來，我們三個在這裡過年，所以妳在奶奶來之前趕緊把感冒養好，不然她又要擔心。」

「好的。」許昕朵回答得特別乖巧。

童延現在真的是拿許昕朵沒轍，這小女孩總有一句話哄住他的能力。

他最後還是放許昕朵走了，在她進電梯後說：「別太累了。」

「嗯嗯，好的，我聽話。」

童延再次被她哄住了，哄得服服貼貼的。

♫

許昕朵第一次拍攝的相片突然紅了，且紅的團隊都始料未及，也是莫名其妙。

紅的原因竟然是……許昕朵的手錶。

這個雜誌經常會把拍攝的相片湊成九宮格，配上雜誌裡文章的節選，上傳社群網站。

許昕朵他們三個人拍攝的相片，也是這樣的套路提前預熱一下。

雜誌的官方社群，每次發這樣的動態，就算有分享抽獎這種活動，最後的分享數頂多三、四百則。

這一則沒有分享抽獎的貼文，居然分享數過萬了。

貼文的留言風向如下。

黑櫻之櫻：『如果是我，我選閨密，畢竟閨密的錶官方報價將近八百萬，這個價還不一定能買到，只會更貴。』

豹豹桑：『看到這則貼文的時候，我點開看了九張圖，雖然承認女生是挺好看的，但是這種不知名的人不至於上熱門貼文吧？結果點開評論後，我懂了。』

景心的媽：『一開始以為戴的是高仿，想要去官網查號碼，放出來打臉，結果……編碼對應的名字，和模特兒名字一致，我跪了。（圖片）。』

伊薇希：『錶什麼的我不懂，放在我面前也認不出來，我就是想和穿白色襯衫的漂亮小姐姐做朋友。』

朱靈靈小霸王：『從今天起，小姐姐就是我的姐姐了！姐姐，我給您拜個早年。』

Autistic beauty：『富二代做兼職嗎？體驗民情？』

收到訊息的時候，許昕朵這邊才剛剛收工，拿起手機看到三個未接來電，趕緊回電話，問：「張哥，怎麼了？」

張哥沒有立即說熱門貼文的事情，而是問：『朵朵啊，妳有社群帳號嗎？』

「沒有。」

『公司在幫妳建帳號了，現在正在申請認證，妳的第一則貼文有什麼想法嗎？沒有的話團隊幫妳發。妳有自拍嗎？』

許昕朵以為只是簡單的安排工作，於是問：「帳號你們建吧，不過發貼文前可以給我看一看嗎？自拍我沒有，我覺得這種事情浪費時間。」

『妳是模特兒，覺得自拍浪費時間？』

許昕朵只能如實回答：「其實我應聘前都不喜歡拍照。」

『我們現在都要思考一下這波熱度要怎麼利用，妳的社群帳號認證後，我們就要買一波水軍了，所以要提前安排好。』

「熱度？」

『對，你們拍的相片上熱門了，雖然他們的關注點有點偏，但是也是熱度，也關注到妳了，很多人因為錶開始認識妳。』

許昕朵掛斷電話後，拿著手機看熱門貼文，往下翻了一陣子才看到這則貼文。

翻一下留言覺得還好，畢竟在嘉華國際學校的論壇裡，更多的惡言惡語她都看過，倒是習以為常了。

她總覺得這件事情非常奇特，簡直匪夷所思。

明明也是年輕人，為什麼她就跟不上這些人的想法呢？

拍攝的時候，整個團隊都沒有要求許昕朵把手錶拿下來，恐怕也是覺得有個手錶點綴還挺好看的。

這個錶不是那些耳熟能詳的大眾品牌，所以團隊裡的人沒有人認出來，誰都沒在意。

沒想到，沒注意的小細節，居然引來了這種後果。

張哥那邊一點也不在意許昕朵的錶，許昕朵是邵清和介紹來的，張哥早就知道許昕朵肯定是富家子弟了。所以許昕朵有一個百萬名錶，他也不驚訝。

他珍惜的是這次的熱度，想要利用這次的熱度推許昕朵一波。

他們公司對模特兒部門重視的程度一般，也不會撥很多的資金給團隊，所以他們資金緊缺。這送上門的熱度，必須把握好。

張哥在許昕朵收拾好東西準備回去的時候，傳來了N則文案備選，讓她選擇一個。

她覺得都很中規中矩，又不太懂，於是傳給尹嬧。

尹嬧很快回覆：『非常刻意，不太能吸引路人緣。』

許昕朵：『那怎麼發好呢？』

尹嬧：『自然一點，不要搞人設，其實模特兒行業很喜歡有個性的，真實就好。』

許昕朵乘車回到童延準備的房子裡，進去之後卸妝，將頭髮攏到頭頂隨便綁了一個揪揪，接著對童延說道：「幫我照張相。」

童延拿出手機對著許昕朵拍了一張，接著遞給了她：「可以嗎？」

許昕朵看著相片覺得童延的照相水準，是前男友級別的。

許昕朵立即嫌棄地說道：「以你這個拍照水準，我要是你的女朋友和你分手一百次都不夠。」

童延立即過來解釋：「妳根本不懂相片裡的意境！妳想怎麼拍？我開學就報攝影班。」

許昕朵走到自己的房間，覺得這個房間太豪華了點，打開客房的門，童延在這裡住了一天了，被子是亂的，被子裡還有零食袋子。

她立即爬上床，坐在被子裡，用被子蓋著自己的腿拿著手機看，接著對童延說：「拍吧。」

童延拿著手機，這次拍得特別小心，半天不按快門，把讓許昕朵急得猙獰地抬頭質問：「好了沒？」

接著就聽到了快門的聲音。

許昕朵一瞬間生無可戀，攝影師不合適，擺拍都是難題。

童延緊張得手心都出汗了，趕緊說道：「妳重新坐好，我現在重拍。」

他突然意識到會拍照簡直太重要了，尤其是未來的女朋友是模特兒。

許昕朵只能再次擺拍，童延各個角度拍一張後，把手機給許昕朵說道：「妳看看行不行，不行我再重拍。」

許昕朵看了後，選了兩張傳到自己的手機，再傳給張哥讓他幫忙修圖。

張哥為難地說：『這也太真實了，妳現在是模特兒，相片不合格的話也影響妳之後的工作。而且，妳素顏會是一個賣點，如果後期某一次素顏，還可以上一次熱門，妳這是開局就露底牌。』

許昕朵頓時覺得這種事情太難了！

最後，張哥和團隊一起想了一個不算太做作的文案，配上許昕朵稍微化妝過的專業大頭照。這個大頭照裡許昕朵淡妝，依舊是清冷的模樣，正面看過去三白眼十分分明。有點狂，看起來不好親近，卻特別酷。

許昕朵：『新人模特許昕朵來給大家拜個早年。（圖片）。』

她的這個帳號是新帳號，沒有粉絲，沒有關注度，傳完之後非常安靜。

她截圖給張哥看，張哥那邊猶豫了一陣子同意了：『就這樣吧，之後的我來安排。』

許昕朵沒管，丟掉手機，看書、寫作業。

童延跟著坐在她身邊，悄無聲息地跟著她一起寫作業。

結果寫一下，就往她身邊挪一挪。

許昕朵突然想到什麼，問童延：「你之後是寫國際班的作業，還是火箭班的？」
「火箭班留期末作業的時候我不在火箭班，所以，我不用寫。開學不用去國際班了，我也不用寫國際班的作業。」
許昕朵羨慕得眼睛都在閃閃發亮，感嘆道：「這也太好了吧？那你現在寫什麼？」
「冬令營日誌啊，這個是要統一交給學務處的。」
許昕朵立即揪住童延的袖子。
童延跟著點頭：「行行行，我幫妳寫。」
「練習冊這些不用，你幫我抄單字的吧，要寫整整一本呢。還有古詩詞默寫，你寫這個對你自己也有幫助。」
「好。」
兩個人一起寫了一陣子後，許昕朵拿出手機來看了看，發現張哥說道：『第一批來的粉絲應該是我們買的粉絲，也就是水軍。』
張哥：『不過很快就會有真粉絲來了，雜誌社那則貼文已經重新編輯過了，模特兒位置@了妳，很快就有網友過來了。』
張哥：『控評已經初步完成了，最新留言妳先不用理，把消息提示關了。』
他們的基本套路就是這樣，在許昕朵這則貼文的評論已經基本定型後，才會讓網友能夠進來。

所謂的控評，就是講他們自己寫的稿子頂成熱門回覆，在回覆裡活躍一下氣氛。

水軍們大多是無腦分享，直接點讚。

許昕朵大致看了一眼之後，就不再看了。此時的她根本沒有自己要紅了的感覺，完全不覺得靠一張臉，一個手錶就能紅，那紅得也太簡單了吧？

♫

許昕朵的公司在除夕那天就放假了，正在家裡拆快遞，看自己買來的乾果，就收到了尹嫿的訊息：『來我這裡吃頓飯。』

接著傳了一個定位。

許昕朵站起身綁頭髮的時候，尹嫿再次傳來訊息：『我送一套衣服給妳，還派一個化妝師過去，妳在公寓，對吧？』

許昕朵立即回覆訊息：『不是家裡人嗎？』

尹嫿：『有很多別的人。』

許昕朵立即跑去浴室重新洗漱。

許昕朵收拾穩妥後，童延從房間裡走出來問她：「妳要去幹什麼啊？我下午就要去接奶奶了。」

「媽媽叫我去吃飯。」

「怎麼沒叫我呢？」

「沒叫你嗎？」

童延覺得，許昕朵出現之後自己的地位持續下降，真的讓他十分無奈，他媽媽不會忘記還有這麼一個兒子吧？

不過尹嫿沒叫，童延也就沒去，自己在屋子裡說道：「那妳去吧，早點回來，我等一下去接奶奶。」

「好。」

♫

許昕朵按照指定的位置去，到了發現居然要請帖，她趕緊傳訊息給尹嫿。

沒多久尹嫿就來接她了，尹嫿親自出來才能把她帶進去。

進去之後，她帶著許昕朵和人聊天，並且狀似無意地跟他們介紹，許昕朵是她最近很喜歡的晚輩。

看到許昕朵，很多人覺得眼前一亮，誇許昕朵漂亮。

尹嫿順勢笑盈盈地說：「朵朵剛出道要當模特兒，沒去大公司，在星娛呢。嗯，那您多多幫忙照顧。」

這個時候許昕朵明白了，尹嫿這是在幫她的事業鋪路，幫她搭建人脈關係。

她也規規矩矩地跟著尹嫿，見了五撥人後，尹嫿對她說道：「行了，妳回去吧。」

許昕朵十分意外，她來了還不到半小時：「這就結束了？」

「嗯，我覺得可靠，且對妳有幫助的人都見過了。其他的烏煙瘴氣的，妳不用認識，我們也不給他們看，免得他們對妳多餘的關注。」

尹嫿這一舉，真的是目的性明確，且毫不掩飾。

許昕朵也十分乖巧，尹嫿讓她來她就來，讓她走她就走，直接離開了。

她出去後傳訊息給童延，得知童延在去養老院的路上，也跟著去。

到了養老院門口看到童延在等她。

看到她到來，童延立即跟她並肩一起走：「冷不冷？」

「稍微有點，裙子裡只穿了兩層打底褲。」

兩個人一起進入養老院，剛好被裡面的老人碰到了，其中一位老奶奶對著兒女臭罵：「你看看人家年輕人都有對象了，你三十好幾了，還好意思來接我？我不回去！回去一定會被你氣死！」

一句話，引得不少養老院裡的老年人探頭看許昕朵和童延。

「嘖嘖，這大個子，他們的孩子一定也高。」

「還得長得好看呢，你看看他們的臉，多俊！」

「小姑娘有點瘦啊，多吃點，好生養，骨盆倒是不錯。」

許昕朵被弄得一陣慌張，誰知童延直接攬著她的肩膀說：「看看爺爺、奶奶們說得多對，以後多吃點噢，乖。」

許昕朵白了童延一眼，甩開他直奔許奶奶的房間。

兩個人一前一後地進入許奶奶的房間，看到穆父居然坐在裡面。

許昕朵看到穆父的瞬間便心中一驚，走進去見到許奶奶快速擦了一把眼淚，不知道剛剛穆父跟老人家說了什麼，惹得老人家傷心了。

她的表情瞬間變得十分難看，她在意的人，就是她最後的底線。惹許昕朵本人，許昕朵不一定會憤怒，但是惹了許奶奶，許昕朵就不會冷靜了。

她瞥了穆父一眼，說道：「你來做什麼？」

穆父看了童延一眼，並未多在意似的，隨後淡然地一笑，說道：「過年了，我也要過來看看老人，畢竟也是她將我的女兒養育成人的，說到底，也算是恩人，妳說對不對？」

第二十二章　親一下

這段時間裡，穆父早讓穆母去找許昕朵，結果沒等到許昕朵回來的消息，反而是穆母居然要跟他離婚。

家裡鬧得不可開交，連續幾天了也沒有安靜。

大過年的，這種氣氛下是無法一起過年了。

穆傾亦每天在房間裡不出來，只是偶爾去補習班。

穆傾瑤表現得很乖，偶爾會去找沈築杭。

穆母乾脆搬去好友那裡，已經有幾天沒回去了，聽說正在聯繫離婚律師。

許昕朵當初回穆家，穆家答應會幫許奶奶安排好的養老院，且會承擔養老院的費用。穆家承諾了這些，許昕朵才放心來到穆家。

穆父自然知道許奶奶的住處，知道許昕朵對這位許奶奶還挺孝順，也在大年三十這天過來，想著許昕朵肯定會來找許奶奶。

還真讓他等到了。

他必須見一見許昕朵，他知道，家裡鬧矛盾的根本所在就是許昕朵。如果穩住了許昕朵，讓許昕朵回到穆家去，穆母多半就不會再鬧了。

家裡的一切問題，都會就此化解。

許昕朵快步走過去，到許奶奶身邊問：「奶奶，他跟妳說什麼了？」

「也沒說什麼……」許奶奶不想當面鬧起來，回答得含糊。她不確定穆父知不知道童延的存在，多半是不知道的，還在替許昕朵、童延感到慌張。

許昕朵強行壓住憤怒，回頭對穆父說：「請你出去。」

童延則在一旁挽袖子，他早就看這位不順眼了，要不是穆父是許昕朵親爹，童延不知道揍穆父多少次了。

今天穆父惹了許奶奶，要是真的不老實，童延八成要動手了。

穆父還算淡定，繼續說道：「我們一起出去聊一聊吧，聊完我就離開。」

「我們沒什麼可說的。」許昕朵毅然決然地拒絕。

結果居然是許奶奶勸道：「和妳爸爸說說話吧，你們好好聊聊。」

許昕朵有些意外，因為許奶奶這些年守寡，一個人將她帶大，性格堅韌，多少有些潑辣。她是個護短的，如果穆父說了不好的話，許奶奶說不定會拿著拐棍揍人。

現在，許奶奶這種態度讓許昕朵十分意外，接著跟穆父一起出去。

童延也跟著走了出去，不遠不近的在他們旁邊站著。

許昕朵首先說道：「你前段時間給我的費用，我都會還給你，奶奶養老院的費用我也會自己支付，請你不要再來打擾我的生活。」

穆父立即笑道：「妳看看妳，說的是什麼話？一家人分這些做什麼？妳每個月的生活費我都會定期轉到妳的戶頭裡。近期不回家也沒事，我幫妳的房間進行翻修，最近進不去，妳就在外面過年吧，不急著回去。」

許昕朵蹙眉看著穆父，不知道穆父這次是什麼路數，難不成想要走溫情路線了嗎？

穆父見許昕朵沉著臉不回答，自己笑了起來，說道：「我並沒有跟妳奶奶說什麼事情，只是和她聊聊天，不過是骨肉被換了後的心酸。我們兩邊也算是同病相憐，都是被那個女傭人害了，妳的奶奶也是心中觸動，才會潸然落淚。」

許昕朵下意識鬆了一口氣，她也不想許奶奶連一個好年都過不了。

老年人傳統，過年對他們來說非常重要。

許昕朵想著，這些事情過完年再告訴許奶奶也不遲。

穆父見許昕朵依然沉默，朝著許昕朵走一步，想搭她的肩膀，結果被許昕朵躲開了。

穆父也沒在意，依舊溫和地說道：「我知道在妳回來後，我們處理事情的方式不太穩妥，讓妳受了委屈。這些日子我也在檢討自己，意識到自己的不對，所以我決定過完年後和沈家正式見面聊這件事情，很快就會給妳一個正常的身分。」

對於穆父的鬆口，許昕朵並沒有欣喜，也沒有感動，而是問：「如果我從鄉下來，行為粗魯，品行不端，且沒有什麼拿得出手的地方，你會這樣決定嗎？」

「怎麼可能？妳畢竟是我的……女兒啊！」穆父本來想說親生女兒，想了想後，現在還不是公開的時候，不確定童延知不知情，就只能這麼說了。

許昕朵：「可是我看得出來，我剛回來的時候，你的話裡話外都是我來自鄉下，樣樣拿不出手，不及穆傾瑤，甚至還有點瞧不起、嫌棄。」

「是爸爸不對，對妳有偏見，爸爸承認錯誤。」

「你不擔心沈家的婚約了？」

「沈家肯定會生氣，不過還是女兒最重要，對不對，妳先回來，我們慢慢處理這件事情。」

許昕朵還是搖了搖頭：「我看您的處理結果再決定吧。」

穆父的表情有一瞬間的不自然，隨後還是笑著說道：「這樣的話，也好。妳在童家都住的挺好的？」

「嗯。」

「能和童夫人談得來也是緣分，珍惜長輩對妳的疼愛，在童家要有禮貌……」

「這些不用你叮囑我。」

「好，那我也就先走了，下一次會聯繫妳。」

穆父說完就離開了，沒有再糾纏。

許昕朵總覺得事情有蹊蹺，她對於穆父厭惡到極致的後遺症就是不願意輕易接納他們的道歉，並且覺得穆父肯定是有別的想法。

她說不出來，只是覺得穆父對自己微笑都有一種油膩感。

♫

穆父離開後上了車，坐在車裡忍不住砸方向盤。

這個許昕朵真的是給臉不要臉，對她好聲好氣的，她不知道好好說話嗎？

不知道用什麼法子投靠到童家，就趾高氣揚了是不是？狐假虎威，狗仗人勢的東西！

如果不是逼不得已，他才不願意降下顏面去找這個丫頭呢。

原本等著這個丫頭自己滾回來，結果呢，還是要他去找她？

他忍不住「嘖」了一聲，那個許老太太他也試著聊了一陣子天，也沒看出來有什麼氣質，只是鄉下沒見過世面的老太太。

說話有鄉音，格局不大，也不會什麼才藝的樣子，許昕朵都是自學的嗎？

這種鄉下老太太，他以前都不願意多看一眼，在他的公司裡只配打掃衛生。

他不想離婚，當初他對穆母也算是真愛，要知道穆母在他們大學裡，可是女神級別的人物。

他追到穆母後，學校裡不知道多少男生視他為敵，那種驕傲感他至今還記得。

兩個孩子也都長得像她。

這些年裡，穆母也足夠乖巧懂理，雖然在公司方面對他幫助不大，但是其他都非常得體。穆母是在許昕朵回來之後漸漸出了問題。

他想先穩住情況，之後再定奪這件事情。

最開始他是怕沈家會嫌棄許昕朵，或者是壞了穆傾瑤和許昕朵的姐妹情誼，讓家裡氣氛尷尬。在他看來，中途換兒媳婦人選這種事情，恐怕很多人家不會接受。

結果上一次見面的時候，沈母對許昕朵的喜歡是不加掩飾的，甚至有一次還開玩笑似的說，要是有許昕朵這樣的兒媳婦就好了。

沈母不是亂開玩笑的人，這讓穆父知道，如果公開了身分，沈家有可能接受換一個聯姻對象過去。

因為許昕朵確實很優秀。

沈母是一個很喜歡攀比的人，且愛慕虛榮，喜歡被人誇獎。

尹嫿對許昕朵的看重，加之這一輩裡許昕朵一下子脫穎而出，成為了最優秀的一個，讓沈母產生了心思，似乎更喜歡許昕朵了。

這種兒媳婦被比下去的感覺，讓沈母夜不能寐，所以乾脆跑來穆父這裡來暗示。

不過他沒有明確表態，他甚至在想，如果許昕朵真的能嫁給童延，那絕對是比沈築杭更好的選擇。

這邊沈築杭算是穆父的「保底」，不能丟，那邊的童延他也不想放棄。

所以他想要和許昕朵保持良好的關係，此時能夠解決身分的問題是關鍵。

如果身分公開後，沈家態度強硬地要求換聯姻對象的話，穆父還在思考，究竟選擇穩妥的好，還是更高的大山才好。

思考的過程，根本沒有想過許昕朵本人的意願。

他思考的只有哪個女婿，會對他的事業更有幫助。

而穆傾瑤，已經漸漸的被穆父視為棄子。

♫

許昕朵、童延接許奶奶回去後，三個人一起買了材料，坐在餐廳的桌子前包餃子。

一開始許昕朵剁餃子餡，許奶奶指揮童延揉麵，三個人配合得還挺好。

後來一起包餃子。

許奶奶看著童延包出來的餃子，笑呵呵地說：「我說朵朵幫我包餃子怎麼時好時壞呢，原來你們兩個人的水準不一樣。」

童延雖然很積極參與，但包得不太好，只能嘆氣：「唉，怎麼辦，沒有妳們兩個人包的好，我是不是沒有妳們那麼手巧啊？」

許奶奶立即誇獎道：「你包的也好，像金元寶，圓鼓鼓的。」

因為有許奶奶在，許昕朵和童延全程不能聊其他的，話題有所避諱，讓許昕朵有點沉默。她包餃子的時候總在分心，思考穆父葫蘆裡賣的是什麼藥。

許奶奶則是有點不高興，說道：「在這裡包餃子看不到過年節目。」

童延知道許昕朵的心不在焉，就包攬了陪許奶奶聊天的工作：「這個時間沒有過年節目啊。」

許奶奶反駁：「有好幾臺都有呢。」

童延起身打開投影機，用手機控制播放電視節目。

許奶奶吃了一驚，抬頭看看投影機，接著再看看牆壁，問：「電視能在牆上看啊？」

「嗯，厲害吧，是不是跟看電影一樣？」

「我開始以為這個是燈，還想說這個燈不大好看。」

投影機播放起了電視節目，許奶奶樂呵呵地看了起來。

童延放下手機後坐在許昕朵身邊，用膝蓋撞了撞許昕朵，小聲說：「心不在焉呢？」

「被氣到了。」

「這還不好理解嗎？因為我和媽媽唄。」

「嗯……我也覺得。」

「過完年我們幫奶奶換一家養老院。」

「好。」

許奶奶每天睡得很早，她今天破天荒地堅持到了九點半，才去睡覺。

童延和許昕朵吃完餃子，坐在客廳沙發上一起看電視，許昕朵這才說起自己考慮的事情：「其實如果被穆家認回去，還我真實身分也不算是好事。我現在想脫離他們，他們如果給了我真實身分，不再是養女的話，我再想和這家人撇開關係就難了。」

「嗯，既然想要脫離他們，就徹底沒有牽連才是最好的。」

「我現在可以留在你們家裡，說成是你們資助的貧困學生，這樣也說得過去，至少我是自由的。如果我有了真實身分，就只能改名姓穆，和穆家有了法律上的關係。以後，我還不得不對穆家夫妻有贍養關係。」

童延聽完忍不住嘆氣：「之前覺得心裡不舒服，想要一個公平的待遇的時候，他們不給。現在不想要了，他們卻來安排了，又給妳增加負擔。他們全程都只考慮到自己，沒有想過妳。」

許昕朵垂著眼眸說道：「他們或許覺得這是一種妥協，我搬出來，是因為我在抗議。其實不是，我是真的想要和他們斷了關係。有些東西，在你需要的時候沒有給你，過後再給你，你也不一定想要了。」

「對，最可氣的是他們還會怪妳，說妳怎麼這麼不懂事，妳到底想要怎麼樣。想想就覺得好氣……」

許昕朵的心情又變得不好了，電視裡明明在播放搞笑節目，結果許昕朵全程不笑，還唉聲嘆氣的。

童延立刻張開雙臂說道：「沒事，哥哥抱抱。」

許昕朵靠進童延懷裡，臉埋在他的肩膀上蹭了蹭，低聲說道：「其實真的不知道我們誰是哥哥，誰是姐姐。」

「反正我就是哥哥。」

「依據呢？」

「我比妳高。」說完又補充一句，「也比穆傾亦高。」

「嗯，有理有據，讓人信服。」許昕朵跟著捧場。

起初抱著許昕朵只是想要安慰，結果抱住之後，童延就開始心思亂飛了。

他的手不知道放在哪裡才好，思考了一陣子，抱住她的後背。

將她更緊的抱進自己的懷裡，結果動作間兩個人的衣服摩擦靜電，劈哩啪啦，許昕朵甚至看到了電光。

她趕緊鬆開童延，童延卻不鬆手，就那麼倔強的繼續抱著。

許昕朵意識到曖昧，吞咽了一口唾沫，小聲叫一聲：「童延。」

「嗯？」

「我好多了……」

「嗯。」依舊不鬆手。

什麼叫羊入虎口？

許昕朵終於意識到，她確實和童延熟悉，但是熟悉的是沒意識到自己喜歡她的童延。

現在的童延，心裡有她，說在追她，但是追得特別不要臉。

到他懷裡，就別想跑了。

許昕朵推著童延，努力拉開兩個人的距離。

童延終於鬆開她些許，卻沒有放開她離開自己的勢力範圍。

童延一直看著她，看得她有些不自在，想要避開他的目光，卻注意到童延一點點地靠過來，似乎要吻她。

她立即擋住童延的嘴，故作凶巴巴地說道：「童延！不是說了不行嗎？」

「妳說不許突然的，我慢慢的……」

這邏輯厲害啊！

她發現童延是一個閱讀理解的鬼才。

難怪國文的分數那麼低！

這個時候許昕朵的手機響了起來，許昕朵立即轉身去拿手機，接通張哥打來的電話。

童延特別不高興，抱著許昕朵耍賴，像隻不依不饒的大狗狗。

許昕朵完全不理，一邊單手推童延，一邊接電話。

張哥那邊還挺開心的，首先跟許昕朵拜年：『朵朵啊，新年快樂啊。』

「嗯，張哥過年好。」

『哈哈，突然有工作了，我們可能要加一天班，不過是好事，現在團隊裡都非常興奮。』

「嗯，您說。」這就是不拒絕加班的意思。

『剛才《時尚黎黎雅》雜誌發來了邀請，希望妳能過來拍攝一組相片，是元宵節的加刊要的急，一時間聯繫不到人，讓妳有機會了，封面圖！』

許昕朵裝成驚訝的模樣感嘆：「真的嗎？什麼時候啊？」

其實《時尚黎黎雅》雜誌的主編以及主要負責人，是尹嫿介紹的那些人裡的其中之一，他們白天才見過面。

主編看到許昕朵的時候眼前一亮，覺得這種長相和身材，絕對會是模特兒圈的寵兒。

得知許昕朵確實在做模特兒後，還詢問許昕朵在哪家公司，其他也沒再說什麼了。應該也是當時做不了最終決定，不能當場拍板，出於謹慎一句話也沒說。

主編在回去後找星娛要了許昕朵的資料，很快就主動邀約許昕朵了。

一方面是因為許昕朵外形合適，另一方面是可以賣尹嫿一個人情，畢竟尹嫿也是很多國際品牌的代言人，為了雙方以後的合作，這個面子賣得值。

這一次的元宵節特刊，拍攝其實已經迫在眉睫了，之前確定了四個人選，原本準備就此開拍了，看到許昕朵後改成了五個人。

這五個人裡，分別是許昕朵，娛樂圈當紅小花一位，流量小生一位，還有另外兩位平面模特兒。

這五個人全部都是零零後出生，有個人特色，非大眾網紅臉，純天然，有區別性，是這位主編最喜歡的。

現今娛樂圈裡有很多傳說中很漂亮的藝人，但是主編都不太喜歡。

雕琢氣息太濃了，沒有特點，眼睛是大臉是小，都不如把衣服套在娃娃上拍照。

畢竟隨便操控，還聽話，成本也低，還不用伺候那些「大牌」。

尹嫿的推薦真的是投其所好了。

而且，《時尚黎黎雅》雜誌在國內已經算是頂尖的時尚雜誌了，多少模特兒混了多少年，都沒有機會上內頁。

許昕朵則是一舉上了封面。

這次需要的都是零零後，因為尹嫿介紹的及時，正好讓許昕朵有了機會。

他們的拍攝時間是在明天下午，也就是大年初一當天。

那位流量小生去參加春節節目了，明天會乘坐飛機過來，航班上午到達。

張哥和許昕朵約定了時間，化妝師不夠的情況下，新人就要早到，由新人早化妝。

別看是下午拍攝，上午許昕朵就要去做服裝造型了，他們約定明天早上七點鐘出發。

掛斷電話後，許昕朵特地拿出手機看了節目單一眼，還有十幾分鐘就要看到那位流量小生的節目了。

看節目單的時候，婁栩傳來訊息：『〈留書〉，演唱者：我老公。』

許昕朵看看節目單，演唱〈留書〉的就是她即將要合作的流量小生陸錦佑。

她遲疑了一下，還是告訴婁栩：『我即將和他合作拍雜誌。』

婁栩：『啊啊啊啊！』

婁栩：『真好啊。』

婁栩：『但是妳不要幫我要簽名，妳是新人這樣不太好，別給妳添麻煩了！』

她看著手機越發覺得婁栩可愛了。

許昕朵正和婁栩聊天，看到童延再次湊過來，對著她耳廓輕聲的：「哼哼。」

許昕朵打字的時候頭都不抬，隨口問：「你是豬崽嗎？」

「我是泰迪。」

「為什麼？」許昕朵不太理解泰迪的梗。

童延繼續說：「我是兔子。」

「你可沒兔子可愛。」

「我是海豚。」

「哦，你好啊海豚。」

「海豚沒兔子可愛是不是，妳種族歧視。」

「你是杠精。」

童延繼續耍賴，腦袋往許昕朵懷裡拱，小聲說道：「親一下，就一下。」

許昕朵真的怕了童延了，腦袋裡亂糟糟一團，在童延吻上來的時候手裡還緊緊地握著手機。

記憶裡溫軟的嘴唇，以及柔柔的氣息。

不同的是這一次很溫柔，觸及一秒，便可讓人沉淪。

電視裡陸錦佑正在唱歌，好不好聽許昕朵沒注意到，只嚐到了一絲絲的甜。

她真的非常糟糕，完全拒絕不了童延，任由他撒野。

一點都不矜持。

童延也信守諾言，的確只親一下，只是親了就不分開了而已。

後期她試探性地抬手，碰到他脖頸上的紋身，看起來被完美地裝飾了，觸及到的時候還會碰到皺皺巴巴的疤痕。

這時童延終於鬆開她，還體貼地幫她擦了擦嘴唇，突然笑了起來：「妳現在的眼神絕對是我和妳認識這麼久，最溫柔的一次。」

「也就是說我平時很凶？」

「不，是霸氣。」說完抱著她說道，「我喜歡。」

♫

翌日一早。

許昕朵睜開眼睛，朝周圍看了一眼，確定童延不在她房間裡後呼出一口氣，接著起床進行洗漱，換了日常的服裝走出房間。

許奶奶一向起得早，坐在客廳裡剝瓜子吃，似乎是在等春節節目的重播，看到許昕朵問道：「這麼早就要出去？」

「嗯，對，和朋友出去玩。」許昕朵還不準備告訴許奶奶自己在工作的事情。

「不和延延一起去嗎？」

許昕朵想起童延就覺得臉頰微微發燙，他昨天晚上賴在她身邊，一定要看著她睡著才肯離開她房間。

耳畔似乎還迴響著童延貼近她後低聲說的：「新年快樂，晚安。」

以前一點也不知道童延居然這麼黏人。

她迴避許奶奶的目光，說道：「都是女孩子出去。」

「哦，那去吧，早點回來。」

「嗯，我中午不能回來吃了，晚上有可能稍微晚點。」

「晚上等妳一起吃，盡可能早點。」

許昕朵點了點頭，快速下樓和德雨匯合，去拍攝地點。

♫

許昕朵到的時候工作人員還沒到，張哥倒是到的很早，想給雜誌社留一個好的印象。兩邊是第一次合作，張哥也十分謹慎，今天是專門陪許昕朵來的。

兩個人匯合後，張哥忍不住問許昕朵：「妳是自帶資源嗎？」

「家中長輩帶我和主編見了一面。」

「我也是想了想，覺得他們不可能憑一個熱門貼文就知道妳，兩種拍攝是完全不同的風格。」

許昕朵也不再說了，張哥倒是覺得他真的是撿到寶了，這種自帶資源還懂事的模特兒，是他們最喜歡的。

自身條件優秀，自帶話題度，還有這種好資源，最重要的是好帶。

這次合作好了，也能算是他的豐功偉績之一了。

工作人員來了之後，進屋才開了暖氣設備，也就是中央空調。場地空曠，暖風徐徐送出來，並沒有立即轉暖，甚至半天都沒有感覺到溫度上來。

許昕朵進場後覺得有點冷，化妝前必須先換好服裝，許昕朵註定要挨一陣子的凍。

進來後，造型師幫許昕朵找衣服，一個個舉起來在許昕朵身前比量，發現許昕朵的膚色和模樣一點也不挑衣服，還挺好選的。雖然是突然加入，但是造型不難安排。

搭配完衣服，許昕朵試穿完畢，造型師看著許昕朵許久後打了一個響指說道：「ＯＫ。」

接著扭頭問張哥：「能剪頭髮嗎？」

張哥立即問道：「需要剪多少？她之後還有工作安排。」

造型師在許昕朵脖頸的位置比量了一下，說道：「大致是這個長度。」

「可以戴假髮嗎？」

「可以……但是準備需要時間，你們是昨天臨時決定的，所以……」

許昕朵則在這個時候說道：「可以剪，有工作可以再接，可以把頭髮留下來給我嗎？」

造型師回答得特別快，似乎這個要求不是首例：「可以。」

許昕朵的頭髮到腰際的長度，因為學校不許燙染，她一直都是黑長直的造型。

她的頭髮比較粗，又有些硬，髮質自然直，披下來的時候非常有氣質。

現在要剪短，張哥覺得心疼，許昕朵倒是完全無所謂，她之前只是很少去理髮店而已。

許昕朵坐在椅子上，親眼看著自己的頭髮被一剪刀剪斷，造型師幫忙用橡皮筋綁在一起。之後才是精修。

造型師幫許昕朵整理的造型是到脖頸的整齊短髮，頭頂上別了一個非常大的紅色蝴蝶結髮夾。這個髮夾不仔細看，還以為是一個貝雷帽，手感毛茸茸的。

整體化妝造型完畢，許昕朵並沒有立即穿上高跟鞋，而是拎著高跟鞋在一旁等候，照照鏡子覺得自己很奇怪。

臉上紅撲撲的，像是曬傷妝，又升級了一些。

她本來就是一張高級臉，這種妝容之後，她覺得自己脫離了普通人類的範疇了。有點像個無情的機器人，或者是一個妖怪，反正就不像是個人。

許昕朵小聲跟張哥嘀咕：「我這個造型是不是有點奇怪啊？」

這個模樣走在大街上會嚇到人吧？

「嗯，不正常就對了，妳這個形象很有高級感。」

許昕朵聽話地乖乖等之後的拍攝。

這個時候其他的模特兒也到了，其中一位看到許昕朵後主動過來打招呼，詢問：「妳是？」

顯然不認識許昕朵。

許昕朵客氣地自我介紹：「我叫許昕朵，星娛的。」

這位模特兒很驚訝，隨後笑了笑說道：「我叫 Evalyn，尚空的，之前我都不知道星娛居然還有模特兒。」

「嗯，模特兒是星娛旗下的子工作室。」

「哦——這樣啊。」Evalyn 拉長音地回答，隨後走了。

Evalyn 走到一旁做造型的時候，和造型師聊天：「怎麼突然多出來一個模特兒來，我記得之前是四個人。」

定的人選。」

「最初的提案是要五個人，但是一直沒找到合適的，就定為四個人了，她是昨天晚上才確

「這麼巧啊……是個新人？」

「嗯，聽說上過一次熱門。」

Evalyn 拿出手機查詢，隨後翻了一個白眼，這叫什麼熱門啊，還嫌不夠丟人的，連網紅都不如。

她本來很興奮的，覺得自己有機會上封面，已經領先業內很多人一大步了，能夠提升自己的檔次。結果半路殺來一個新人，做模特兒才沒多久，之前拍攝的相片也那麼沒品，一下子拉低了檔次。

她煩到不行，拿出手機來吐槽，還偷偷拍一張許昕朵的相片。這張相片裡許昕朵身上披著張哥的外套，因為怕冷，整個人縮在衣服裡，看起來沒什麼精神。

群友A：『什麼鬼？』

群友B：『搜了各處，她的作品只有「男友不如閨密錶」這一個。』

群友C：『男友不如閨密錶，哈哈哈！』

群友D：『身高才一百七十五公分？Evalyn 都有一百八十一公分了吧？拍照的時候豈不是

要還就這個新人？』

群友B：『平面模特兒，沒走過秀，這種身高國際秀都不願意要。』

群友E：『萬一又能去呢，不知道是被包，還是富二代，錶確實貴啊！』

Evalyn：『希望她不要耽誤進度，我之後還有安排呢。』

群友A：『喲！何公子是不是？』

Evalyn：『只是吃個飯而已。』

這個時候陸錦佑來了，走進來的時候跟助理說說笑笑，迎面看到許昕朵腳步一頓，隨後笑著道歉：「抱歉，我之前沒注意到這裡坐了一個人，被嚇了一跳，妳的髮夾好可愛啊！」

「哦，沒事。」許昕朵回答。

陸錦佑從助理手裡拿了一杯奶茶遞給許昕朵，說道：「抱歉，因為我一個人改了所有人的拍攝時間，這個是賠罪。」

陸錦佑在這次拍攝的人員裡，已經算是人氣最高的了。

他是童星出道，沒有什麼汙點，演技也是可圈可點。如今在首都戲劇學院讀書，比許昕朵大兩歲。

就算如此，陸錦佑也沒什麼架子，就算對許昕朵這個新人也非常客氣。

許昕朵接過，碰觸到有些涼的杯壁，還聽到冰塊晃動的聲音，表情有一瞬間的不自然，還是很快接了過去，說道：「感謝，其實我不忙，時間都可以的。」

陸錦佑注意到許昕朵的微表情，突然小聲問：「是不能喝涼嗎？」

說著，又將許昕朵手裡的這杯拿回去，讓助理舉起其他的奶茶，他一個個去握杯子試溫度，說道：「我叮囑他們買了幾杯常溫的，我找給妳。」

許昕朵這時終於有點受寵若驚了，因為此時光著腳有些不方便，還是快速穿鞋站起身來和陸錦佑一起站著，這樣才算是尊重一些。

在許昕朵看來，陸錦佑是大前輩。

陸錦佑遞給許昕朵一杯常溫的，看到許昕朵這麼拘謹又笑了：「不用站起來，妳先休息吧，我化妝還需要一段時間。我先過去，失陪了，等等見。」

「嗯，好，等等見。」

陸錦佑繼續往裡面走，見到工作人員就主動問好，連張哥都被發了飲料。

Evalyn 是專業模特兒，嚴格控制飲食，他給 Evalyn 一杯檸檬水。

許昕朵繼續坐在角落裡，拿出手機傳訊息給婁栩：『妳的老公是超級大暖男，我見到本人了。』

婁栩：『真人帥嗎？』

許昕朵：『比電視上帥，素顏來的。』

婁栩：『天啊，我跟著激動起來了，朵朵，不要偷拍，這是大忌，妳別犯錯了。不過……妳替我多看他幾眼！』

許昕朵：『好的！』

婁栩：『雜誌出來我要買爆！』

這個時候主編也來了，進來後許昕朵立即站起來打招呼。

主編是一位四十餘歲的女性，保養得極好，年齡體現在她的眼神與神態之中，單論相貌，說她還未到三十都有人信。

主編見到許昕朵後臉上是得體的微笑，從容且優雅。

她看到許昕朵打量了一番，接著拉著許昕朵的手到造型師的身邊說道：「她的妝有點怪，再改改。」

他們這一期的主題是中國紅。

許昕朵頭上的紅色髮夾，身上的裙子也是紅色為主體。

其他幾位也都是紅色系的裝扮。

其實造型師看許昕朵是新人，這種妝多少有點襯托其他幾個人的意思，現在主編提出改一改，造型師立即點頭。

主編看著許昕朵半晌後說道：「眼妝是重點，她的眼睛是最漂亮的，要把她的特點體現出來，我相信你能詮釋得很好。」

主編拍了拍造型師的肩膀，接著去見陸錦佑了，似乎和陸錦佑很熟悉，兩個人聊得特別投緣。

♫

真正拍攝的時候，許昕朵並沒有拖後腿，且鏡頭感很好，配合度也高。

有的時候只需要攝影師稍作講解，許昕朵就懂攝影師的意思了，一個學霸的理解能力，在此刻彰顯得淋漓盡致。

許昕朵在這一次的拍攝裡，是幾個模特兒中咖位最小，大部分的時候都是陸錦佑在C位，她在最外側。

她的身高在這裡也沒有什麼優勢。

最高的是那位男模特兒身高是一百八十九公分，其次是陸錦佑身高一百八十四公分，女模特兒 Evalyn 的身高都有一百八十一公分。

那位小花並非模特兒，卻也有一百七十二公分的身高。

這個時候，許昕朵的一百七十五公分的身高已經沒有那麼優秀了。

什麼樣的自身條件，放在各自不同的圈子裡都會有不同的效果。

在現實生活裡，一百七十五公分高的女孩子絕對是個子較高的那一類，在這裡卻淪為了陪襯。

其中有一段鏡頭陪襯得更為悲慘。

他們整理出一個熱帶雨林的場景，明明服裝是紅色為主，卻在綠色居多的場地裡進行拍攝，有很多植物進行點綴。

這些模特兒每個人都有分配到各自的樂器，比如陸錦佑的大提琴，小花的小提琴，男模特兒的長笛。

Evalyn的豎琴已經算大的了，結果許昕朵是鋼琴。

鋼琴因為非常占地方，且會影響視覺衝擊感，所以鋼琴旁邊遮擋的植物最多，她的位置也是在最後。

在鏡頭裡，她側著身子坐著，側臉的那邊還有一個巨大的蝴蝶結，加上頭髮一起擋住了半張臉。

拍攝出來的效果裡，她只露出些許下巴和鼻尖，還有不太清晰的眼睛輪廓。

許昕朵早就知道自己是新人，沒有在意這些，拍攝的時候依舊認真，還有心情偷偷觀察

Evalyn 和男模兒是如何進行工作的，小心翼翼地學習。

攝影師指導完畢後，說道：「避免穿幫，你們還是需要真的演奏，動起來，放心，攝影機像素夠，不會拍到殘影的。」

其他四個人都不精通他們手裡的樂器，演奏出來的音樂簡直就是災難現場。

許昕朵有點不知道彈什麼好，於是彈了自己最近練習的曲子〈托卡塔〉。

攝影師稍微拍了一陣子後，主動走到許昕朵的身邊示意，許昕朵才停下來。

她看著攝影師問：「怎麼了？」

「妳換個曲子，妳的手指不太好拍。」

「哦……」這首曲子確實速度很快。

陸錦佑回頭看了一眼，忍不住笑出聲，跟攝影師開玩笑說道：「碰到大佬了。」

攝影師性格也不錯，走回去的時候還說：「人吧，話就不能說得太滿，小妹妹直接給我上了一課。」

許昕朵趕緊道歉：「不好意思，我最近在練這個曲子。」

攝影師笑呵呵地問：「沒事沒事，換一個，我點一首〈卡農〉可以嗎？」

其他工作人員問：「你是不是只知道〈卡農〉？」

「對，還真的是。」

許昕朵彈奏起來，這首曲子很有治癒能力，且旋律悠揚舒緩，可以讓人放鬆身心。在這樣的曲子下的拍攝變得愜意了許多。

拍攝完畢後，還有採訪環節，這是許昕朵第一次經歷的，她還沒有過這方面的培訓。好在她不出名，且是昨天才加入的，根本沒準備她的問題，她全程旁聽就可以了。

關於陸錦佑和那位小花女星的問題比較多，陸錦佑非常圓滑，很多問題都能回答得很好，應對自如。

這個時候許昕朵才意識到自己還有很多要學的，比如表情管理，還有臨場應變能力。她覺得自己的情商不算高，可以做到冷靜淡然，但是不夠圓滑。

這個時候，陸錦佑注意到全程沒有採訪到許昕朵，問到下個問題的時候，扭頭問到：「許昕朵，如果給妳五十萬，妳會買什麼樣的車？女孩子是不是比較喜歡好看的車？」

之前溝通的時候，許昕朵發現陸錦佑可以很快記住所有工作人員的名字，且會稱呼她為「朵朵」。

此刻叫了全名，無非是想讓看影片的粉絲能記住許昕朵的名字，也是一種對新人的照顧。

許昕朵想了想後微微蹙眉，說道：「五十萬啊……」

她的語氣很為難，想了想後補充道：「我會自己再賺點，買 HP4 RACE 吧。」

童延喜歡杜卡迪大魔鬼，不是大魔鬼性能多好，是因為童延喜歡黑色。

許昕朵不喜歡全黑的，BMW 的 HP4 RACE 她很喜歡。

陸錦佑詫異地問：「摩托車？」

「嗯，我還沒學過開車，大學的時候會去學。」

「妳會騎摩托車？」

「嗯。」

「彈鋼琴、騎摩托？妳的喜好跨度很大啊。」

許昕朵不好意思地笑了笑，這些都是拜童延所賜。

鋼琴是家裡強迫童延學的，巧的是許昕朵喜歡。

摩托車這些是童延喜歡的，許昕朵交換過去不能突然不會，就只能跟著學。

後來她就發現這些很有意思，發展為和童延的共同愛好。

♫

這一天的拍攝結束後，工作人員紛紛道別。

許昕朵在換衣服的時候聽到小花想和陸錦佑交換聯繫方式，但被陸錦佑特別有禮貌的拒絕了。

許昕朵假裝更衣室裡沒人。

等到外面安靜了，許昕朵才繼續換衣服，結果走出去看到陸錦佑在更衣室門口綁鞋帶，看到她之後對她微笑，接著小聲說：「女孩子需要面子。」

「哦哦，我懂的。」這是希望許昕朵不要說出去。

「嗯，我知道妳是一個懂事的女孩子，今天相處得非常愉快，期待妳大紅大紫。」

「謝謝。」

♫

回去的路上，許昕朵透過車窗看向外界的車水馬龍，忍不住想，陸錦佑估計和邵清和差不多，也是一個笑裡藏刀的人。

回到家裡的路上，她傳訊息給婁栩，約她明天來家裡做客。

婁栩：『我今天就要去，妳的身上說不定還能聞到我老公的味道！我已經出發了！』

許昕朵：『好。』

許昕朵回到家裡，鞋子沒換完就聽到了腳步聲，童延一邊和許奶奶說話，一邊朝著門口走過來。

童延將手裡的橘子遞給許昕朵：「我剛剝的皮。」

許昕朵穿好拖鞋走進來，拿掉帽子後順勢脫掉外套，衣服掛在玄關後轉身去接橘子，就看到童延把橘子收了回去，他自己吃了。

許昕朵看著童延。

童延也看著她。

許昕朵這才想起來，解釋道：「我今天工作需要就把頭髮剪了。」

「工作需要拍殘缺美，妳截肢嗎？」

「怎麼可能會有這種工作要求？」

「真醜！」童延說得毫不留情，橘子都不想給她了，扭頭進了房間，還跟許奶奶說，「奶奶！妳看她啊！那頭髮剪的跟頭盔似的，看起還好傻！」

許奶奶起身來看許昕朵，看完就樂了：「短頭髮好啊，看起來有精神！頭髮太長了搶營養，短頭髮挺好。」

童延氣得不行，氣鼓鼓地在房子裡走，還在嚷嚷：「精神什麼啊，簡直神經！醜死了，我都不想看她！」

許昕朵累了一天了，回來就看到童延發脾氣，不爽地問道：「我剪頭髮你生什麼氣？」

「妳真當身體是妳自己的啊！妳知不知道我還挺喜歡綁辮子的？」

「那你自己留啊！」

「我一個男生綁個辮子算怎麼回事？」

許奶奶聽了一陣子後問：「那在家裡綁雙馬尾還時不時編頭髮的是延延？」

許昕朵不知道這些事，驚訝地問：「他用我身體綁雙馬尾？」

童延反駁：「妳別以為我不知道妳用我的身體一天換十幾套衣服！」

許昕朵回答得理直氣壯：「我是幫你搭配衣服！」

童延繼續抱怨：「我就喜歡一身黑！我就喜歡綁辮子！」

許昕朵覺得童延肯定有毛病，喜歡黑色喜歡到病態可以理解為酷男孩。但是一個酷男孩喜歡綁辮子？還雙馬尾？

許昕朵理解不了童延是怎麼想的。

童延要氣炸了，倒在沙發上，把沙發上的零食袋子用長腿一掃，全掃到地上去。

接著抱著一個抱枕開始裝死，個子高，霸占了大半個沙發。

許奶奶有點不知所措，問：「朵朵啊，要不要哄哄延延，這件事情對他的打擊似乎還挺大的。」

許昕朵也是有脾氣的。

她為了工作剪頭髮，又不是幹什麼壞事。回來就甩臉色給她看，她還不高興呢，於是說道：「不用管他！我朋友等等過來，我去幫她加道菜。」

許昕朵剛進廚房，童延就坐起身朝廚房看了一眼，接著對許奶奶說：「奶奶，妳等等記得叫我吃飯。」

不然會下不了臺。

許奶奶立即點頭：「嗯，好。」

童延繼續躺著裝死了。

沒多久婁栩到了，許昕朵下樓去接婁栩。

上樓時許昕朵交代婁栩，當著許奶奶的面要說她們白天玩了一天了。

婁栩連連點頭，接著抱著許昕朵不鬆手：「妳見過我老公了，四捨五入，妳就是我老公了。」

「什麼鬼啦……」許昕朵臨開門的時候交代婁栩，「童延在鬧脾氣，妳躲著他點。」

「你們沒談戀愛，但是雙方家長都是見過面的，這關係……真的……」婁栩都不知道該怎麼說了。

婁栩進入家裡，在許奶奶去廚房的時候，小聲問許昕朵：「陸錦佑都和妳說什麼了？」

原本在裝死的童延瞬間坐起來，聲音森冷地問道：「今天合作的有陸錦佑？」

「嗯，我昨天沒跟你說嗎？」問完許昕朵才反應過來，他們兩個人昨天晚上光顧著親了，沒聊別的。

童延在耍賴的時候也沒聽到電話裡的內容。

童延表情嚴肅地問道：「他知道妳認識我嗎？」

第二十三章　「色」誘妳

許昕朵原本和童延互相賭氣，都是劍拔弩張的狀態。

結果這一句話讓許昕朵有些錯愕，她察覺到童延的不對勁，回答道：「應該不知道吧，他們都不知道我是怎麼被安排進去的，畢竟我去酒會的時間很短，很多人都沒見到我。怎麼？你認識他嗎？」

童延垂著眸子想了想後含糊地回答：「沒事，反正……少接觸吧。」

婁栩嗅到八卦的味道，但是童延在其他人眼裡依舊是那個不好親近的人，婁栩也不敢和童延多聊，只能暗暗熄滅內心中八卦的小火焰。

許昕朵則是陷入思考。

她和童延交換身體多年，童延的親戚也都認識，童延知曉的事情她也都知道。但是這麼多年裡，她並不知道童延認識陸錦佑。

她的目光在童延脖頸上的紋身上徘徊了一瞬間，不由得多想了一些。

看到他站起身朝廚房走，去幫許奶奶的忙了。

婁栩是一個很會哄老人家開心的小女孩，嘴甜，吃飯全程都在誇好吃，把許奶奶哄得特別開心。

童延和許昕朵則全程安安靜靜的吃飯，兩個人吃飯的習慣都是這樣。

吃完飯，許昕朵在家裡彈鋼琴給婁栩聽，婁栩像一個小迷妹，恨不得全程錄影，結束一首曲子也會鼓掌歡呼。

許昕朵突發奇想，對婁栩說道：「我寫首曲子給妳吧，我作曲，找人填詞，接著妳來唱。」

婁栩立即來了精神，說道：「行啊！這樣我也是有單曲的人了，以後我就當個網路歌手，吸引一大片帥哥。」

「我發現妳最後的注意力都會轉到帥哥那裡。」

「那是妳被童延迷惑了雙眼，發現不了帥哥們的美好。」

許昕朵也不反駁，拿出本子和筆，打算過年放假這些天開始嘗試自己作曲。

很多人會彈鋼琴，也能詮釋得很好，但是原創就是另外一重領域了。

許昕朵以前亂彈的時候，會有零碎的靈感，不過從未想過將它們擴展成一首曲子，純屬自娛自樂。

想到這個後，覺得很有意思，甚至有些躍躍欲試。

婁栩指著鋼琴問：「妳在家裡彈琴不會擾民嗎？」

「實不相瞞，這棟大樓都被一對夫妻買了，他們只是偶爾過來。所以我的樓上樓下都沒有人。」

婁栩聽得目瞪口呆，豎起大拇指再次感嘆：「有錢人和有錢人之間，確實存在差距，我只是一個小康家庭的傻女兒。」

「那我是什麼，乞丐嗎？」

「妳是仙女下凡，被童小妖精勾了腳丫子，嘗試人間煙火，最後為他墜入凡間。」

「勾住腳丫子，我是風箏嗎？」

「哈哈哈！」

♫

婁栩離開家裡後，許昕朵坐在鋼琴前研究到很晚。

童延在附近路過很多次，努力裝成他在家裡很忙碌的樣子，許昕朵也不理，他沒轍了就自己回房間了。

等童延回到房間後，許昕朵探頭看了一眼，放下本子回自己的房間洗漱。

洗漱完畢，她換上睡衣打開筆記型電腦，查詢陸錦佑和童延的蛛絲馬跡，然而網路上兩個人根本沒有任何交集。

她開始嘗試轉換方向，查詢尹嫿和陸錦佑。

漸漸的，她查到了不對勁的地方。

陸錦佑有一個舅舅，名叫喬念。

喬念曾是尹嫿的經紀人，後期有自己的工作室，尹嫿是這個工作室的一姐。這個時期，尹嫿還算是新人。

傳聞喬念和尹嫿交往過，不過被童瑜凱橫刀奪愛了。

也有傳聞說，尹嫿踩著喬念上位，後期勾搭上童瑜凱，立即踹了喬念和童瑜凱在一起。然而尹嫿和童瑜凱結婚後婚姻並不幸福，尹嫿貪財，童瑜凱好色，兩個人的婚姻讓人唏噓。

值得一提的是喬念有一年被抓，入獄三年，罪名為故意傷害罪。

然而喬念傷害了誰，並沒有人知曉。

一個經紀人被抓，這種幕後人員沒有太多人去關注，再加上是陳年舊事，能查到的消息真的很少。

許昕朵快速查詢喬念被抓的時間，開始推算，想到童延脖子傷疤出現的時間，聯想到傷害童延的人恐怕就是喬念。

童瑜凱不會放過傷害童延的人，喬念會入獄也是正常。

之後童瑜凱嚴格控制輿論，消息掩蓋得很好，不想自己妻子、兒子的事情被提及。這種事情如果曝光了，註定會影響到尹嫿，無論尹嫿有沒有錯，都會被一些人詬病。

許昕朵繼續查詢喬念的近況，發現喬念近期都很低調，很少出面處理事情。

但是，喬念是陸錦佑的經紀人之一，且是陸錦佑所在公司的股東之一。

許昕朵看著這些陳年舊事，不清楚主編知不知曉尹嫿和喬念的恩怨，居然安排她和陸錦佑一起合作。

如果知曉，那真的是居心叵測、耐人尋味了。

如果不知道，只當那些是旁人胡亂說的八卦，根本沒當回事，那就是許昕朵多想了。

百思不得其解，又沒辦法問，許昕朵苦惱極了。

她抬頭看一眼時間，已經淩晨一點多了，有點餓。

她告誡自己：妳以後是模特兒，不能這麼晚吃夜宵。

身體告訴她：那妳就少吃點。

於是許昕朵聽身體的。

她走出房間，在廚房裡尋找食材，最後煮了半碗烏龍麵給自己。

許昕朵的麵盛出來時，聽到幽怨的聲音說道：「吃獨食？」

許昕朵被嚇了一跳，回頭看向童延，問他：「你想嚇死誰啊？」

「我走過來的時候坦坦蕩蕩的，是妳心不在焉。」

許昕朵將麵盛出來，端著碗去餐廳，同時說道：「我煮的少，你要是想吃就吃這碗，我再去煮。」

「不用了，我只吃一口。」童延一直跟在許昕朵身後，俯下身打算要吃。

許昕朵坐在椅子上，用筷子挑起一些來。

童延站在她身邊，微微俯下身，小心翼翼地吹著麵。

許昕朵能夠看到童延的側臉，吹麵的時候嘴唇嘟嘟的，盛氣淩人的男孩子顯得有些可愛。

童延吃了一口之後，拉來椅子坐在許昕朵身邊。

許昕朵偷偷煮麵，只開了廚房裡的燈，餐廳的燈並沒有開，只有廚房的燈光照出來。

餐廳裡十分昏暗，在暖橘色的燈光下，許昕朵一半的輪廓隱藏在黑暗中。她一頭短髮，穿著黑色的吊帶睡衣，有種別樣的韻味。

童延趴在餐桌上看著許昕朵吃東西，突然伸手勾起許昕朵一縷頭髮，在手指上纏繞。

許昕朵抬眼看向他，看到他又開始抿嘴了。

顯然，還是不能接受她剪短髮。

許昕朵的麵吃得差不多了，畢竟也沒煮多少。

她將碗推開，手肘拄著桌面，朝著童延探身過去，右手食指撥童延的瀏海，問道：「童延哥哥，你不喜歡我了嗎？」

童延不怕狂風暴雨，不怕千軍萬馬，只怕許昕朵突然撩他。

這一刻他沒有心動，反而被嚇到咳嗽。

可是不得不承認，許昕朵在湊過來故意撩他的那一瞬間，風情萬種，彷彿魅人的蠱，足以讓他一秒淪陷。

這種意境被童延用兩個字破壞了：「渣女！」

許昕朵立即捧著碗去洗碗了。

「家裡有洗碗機。」童延跟到廚房說道。

「一個碗用洗碗機，有夠麻煩的。」

童延雙手環胸打量許昕朵，他本來就喜歡黑色，覺得自己喜歡的女孩子穿著黑色的吊帶睡裙格外好看。

看著看著，下意識吞咽了一口唾沫。

許昕朵洗完碗，擦了擦手轉身看向童延問：「你怎麼還沒睡？」

「氣得睡不著。」

「那繼續生氣去吧，這事沒救了。」

童延跟著許昕朵走出廚房，許昕朵關了燈，室內的亮度只剩下腳下的感應燈。

他突然問道：「妳去查了吧？」

許昕朵也沒隱瞞，直接回答：「嗯。」

童延在經過客廳的時候，直接坐在沙發上，這架勢是準備和許昕朵聊天了。

許昕朵走過去跟著坐下，打開沙發上方的壁燈。

「喬念是媽媽的前男友。」童延直捷了當地說了。

「所以傳聞有一部分是真的？」

「嗯，喬念有一次來家裡突然抓住我不鬆開，拿著刀抵在我脖頸的位置，對媽媽歇斯底里地吼。說了什麼我記不清了，當時真的很害怕，只記住大概的意思。媽媽拋棄了他，爸爸為了搶走媽媽，害得他公司破產，負債累累。」

這個喬念真的和童延的疤有關係。

許昕朵突然一陣心痛，那麼小的年紀就經歷這些，童延當時是什麼樣的心情呢？嚇壞了吧？

許昕朵思量一下子說道：「我相信媽媽不是為了錢才和爸爸在一起的。」

「他們之間到底是怎麼回事從來都不跟我說，可能是覺得這種事情和兒子難以啟齒吧。我只知道，我的脖子上留了一個疤，它會留一輩子。」

許昕朵聽完心裡一陣難受，湊過去伸手抱住童延，摟著他的頭安慰：「不醜，我很喜歡你脖子上的刺青。」

童延反手摟著許昕朵的腰，真的覺得這個腰細到有些離譜。

尤其是這個睡裙很薄，更讓她身材分明。

他低聲說：「我喜歡妳長頭髮的樣子。」

語氣那麼幽怨。

「我喜歡你不亂生氣的樣子。」

「好吧……其實短髮也挺好，看順眼以後……還行。」

童延靠在許昕朵的懷裡，意識到許昕朵睡衣裡沒穿內衣。

他突然覺得喉嚨有點癢，不受控制的又開始咳嗽了。

許昕朵鬆開童延，童延瞬間覺得心裡空蕩蕩的，讓他恨不得再把許昕朵抓回自己懷裡來。

結果卻聽到許昕朵關心地問：「你怎麼了？剛才就在咳嗽。」

「哦……沒事，只是突然覺得口乾舌燥。」

許昕朵站起身來，朝著飲水機走過去，同時說道：「可能是暖氣的緣故吧，我幫你倒杯水。」

童延看著許昕朵在昏暗中的背影，黑色的睡裙讓她白皙的手臂和後背更加分明，他咳得更厲害了。

許昕朵回來將水遞給他，伸手碰了碰他的額頭，再試試脖頸的溫度，想看看他是不是感冒了。

並沒有發燒。

童延故作鎮定地喝水，心裡痛苦難言，當初為什麼要答應一年啊，執意讓她毀約多好？

這樣子……誰能忍得住？

♫

童延從被子裡爬出來，聽著房間門外的鋼琴聲，忍不住哀嚎了一聲。

昨天想著許昕朵在黑暗中綽約多姿的模樣，燥得一個晚上沒睡好，躺在床上翻來覆去到淩晨四點多才睡著。

結果許昕朵早晨八點就開始搞原創曲子，彈的東西斷斷續續，童延聽了覺得是一種折磨。

他在被子裡翻了一個身，想要再睡一下，閉上眼睛沒一多久許昕朵又不彈了。

他躺在床上又開始仔細聽，想知道許昕朵在幹什麼呢，結果房子太大了，半天聽不到任何聲音。

他耐不住好奇心，坐起身揉了揉頭髮，接著下床去洗漱。

洗漱完畢伸手要拿自己的黑色T恤，想了想後覺得不行。許昕朵不喜歡他穿黑色，他在追許昕朵，就要用「色」誘。

許昕朵喜歡什麼呢？不就喜歡看他這具身體穿得花裡胡俏的？

於是他走到衣櫃前，打開櫃門想要挑選衣服，看到黑色T恤、黑色褲子、黑色外套，又默默地關上了門。

他穿著睡衣走出去，探頭看了看客廳的方向，沒有看到人，於是伸手敲了敲許昕朵房間的門。

門內沒有人應聲，他直接推門進去，打開許昕朵衣櫃找衣服穿。

他們互換身體多年，早就習慣去對方的房間裡了，碰對方的東西也十分坦然。

這些東西，不分你我。

別看許昕朵一個女孩子，自己買的衣服都很素，也很中性。

寬鬆一些的衣服童延其實也能穿，流行男友款後，便宜了他們這些可以撿衣服穿的男生。

最後，他選了白色的襯衫打底，套了粉色的圓領T恤。

T恤穿上稍微有點緊，但是照鏡子發現其是尺寸正好合適，也就沒再選其他的。

他又拿出一件許昕朵的褲子比量，最後放了回去。許昕朵褲子的腰圍真的有點逆天，他這種骨架大的男生並不合適。

回到自己的房間找了一件褲子，還去浴室整理了髮型，滿意後走出去打算勾引許昕朵。

結果走到客廳，看到尹嫿和童瑜凱目瞪口呆地看向他。

剛才客廳裡還沒有人，他們在哪裡？去了門廳？還是許昕朵下樓接人了？

童延輕咳一聲問：「你們怎麼來了？」

尹嫿看著童延半晌問：「換過來了？」

「沒有。」童延走過去故作鎮定地坐下，「你們要過來怎麼都沒提前跟我說一聲？我剛起床不久。」

尹嫿看著童延，沒忍住笑了一聲，接著說道：「哦，過年期間我們太忙了，沒時間看你們。現在要去機場，途中過來送紅包給你們。」

「多客氣，紅包還送過來，爸爸、媽媽過年好。」童延立即把手伸了過去。

尹嫿從包裡拿出紅包給童延，同時說道：「我主要是想看朵朵。」

「那個黎黎雅的主編安排朵朵和陸錦佑合作，這事妳知道嗎？」童延伸手接過紅包，看了一眼裡面的卡後，隨手放在口袋裡問。

尹嫿已經知道這件事情了，笑了笑說道：「我知道，朵朵如果想在這個圈子裡，或多或少都會和那些人有交集。」

「可是沒必要直接和陸錦佑有聯繫吧？那個主編什麼意思？」

尹嫿側頭看了童瑜凱一眼，發現童瑜凱的臉色果然變得難看，不由得有點無奈。

不過童延是出於對許昕朵保護才問的，還是認真回答：「我當初在上升期，戀情不能公開，雖然有緋聞，卻從來沒承認過。就連我的至交好友，都不知道我們確實在一起過，都當是炒作。圈內藝人和經紀人鬧翻之類的事情時有發生，大家都沒有想很多。」

原本這些事情可以對童延隱瞞，可是發生那件事情後，童延不可能不知道了。

「那個喬念會不會針對朵朵？」童延繼續問，他總是不放心，怕許昕朵被遷怒。

尹嫿搖頭：「我也不知道那個偏執狂會不會怎麼樣，他很多年沒招惹過我了，應該沒有問題的。陸錦佑其實是一個好孩子，演技不錯，性格也可以。」

「他有偏執狂的血緣關係，能是什麼好人？我最近才發現我其實沒比我爸好多少。」

尹嫿突然揚眉，頗感興趣地問：「怎麼，你最近怎麼了？」

童延立即否認：「沒什麼。」

童瑜凱原本不想參與這場對話，最後還是忍不住問道：「關我什麼事？」

童延再次否認：「沒什麼。」

尹嫿則是站起身來朝廚房裡走，跟童延說道：「我去廚房看看，朵朵和奶奶在做飯給我們吃，我去幫個忙。」

其實尹嫿什麼都不會做，洗碗都能打碎，幫忙純屬客氣幾句，等一下就出來了。

童延被童瑜凱瞪得不舒服，忍不住說：「還不是你橫刀奪愛惹的禍。」

「什麼叫橫刀奪愛？我先喜歡的。」

「你什麼時候開始喜歡的？」

「七歲左右。」

「你挺早熟啊。」

「呵。」童瑜凱不屑地輕哼了一聲。

童瑜凱七歲的時候，尹嬿也才十歲，童瑜凱是從小就打算娶一個最漂亮的吧？

童延想了想覺得不對勁，說道：「你先喜歡也沒用啊，人家當時有男朋友。」

童瑜凱不太想和童延說這些，卻不想被冤枉：「我和她在那之前就交往過，後來分手了。分手後我去留學，她家裡在這期間破產，等我回來的時候她……」

「你……高中就出國了吧？你這……我是無法青出於藍而勝於藍了嗎？」童延震驚了，他爸厲害啊，這麼早熟，想了想又問，「你們何必分手呢，這樣喬念不就沒有戲份了嗎？」

「她嫌我幼稚，把我甩了。」

「哦。」童延開始忍笑。

許昕朵捧著餃子走出來，招呼客廳裡兩個男人吃飯。

尹嬿和童瑜凱走得急，他們沒時間準備太多菜，就把冰箱裡冷凍的餃子煮了，再做幾道簡單的菜。

端上來後，許昕朵指給尹嬿看：「圓滾滾的是童延包的。」

尹嫿小聲感嘆：「延延還會包餃子呢啊，真厲害。」

童瑜凱坐過來吃餃子，尹嫿跟童瑜凱介紹：「延延不喜歡吃醋，朵朵喜歡吃醋。」

童瑜凱看著兩個孩子，點了點頭，卻沒明白尹嫿的意思。

尹嫿徹底放棄了，悶頭吃東西。

等吃完東西，夫妻二人結伴去機場時童瑜凱問了一個問題：「妳問延延換過來了是什麼意思？」

尹嫿懶得回答：「自己領悟。」

另外一邊，許昕朵拿著童家父母給的紅包，倒出一張卡，問童延：「只有一張卡，也沒寫密碼，這個怎麼用？」

童延懶洋洋地回答：「只要是沒告訴密碼的卡，密碼肯定是媽媽生日。」

「哦……還是第一次收到卡，以前都是收現金。」

「現金的話他們要用車拉過來。」

「很多？」

許昕朵以前在鄉下，許奶奶沒什麼錢，前幾年給許昕朵的壓歲錢從一開始的二十塊錢，到了後來的一百塊錢，許昕朵都捨不得花。

現在收到壓歲錢，還有點小激動。

童延懶洋洋地說：「一百萬起跳吧。」

許昕朵呆住了，拿著卡吞咽一口唾沫，顫抖的小手拿起卡去房間，打開電腦想要查詢餘額，發現都要用驗證碼。

童延看著她的舉動忍不住笑，拿出手機打電話詢問，人工客服最後告訴童延數額。

童延將卡還給許昕朵說道：「妳的是五百萬，我的是二百萬。」

許昕朵做了一個深呼吸。

她手裡卡很多，童延的副卡，童瑜凱給的生活費卡，穆家的生活費卡，現在多了一張壓歲錢的卡。

這些卡，除了穆家的生活費卡初期被她動過，之後花的都是自己賺的錢了。

此刻她的感覺是：只要她能過去心裡那關，她瞬間就會變得超級有錢。

她把卡放進自己的錢包裡，收拾穩妥了才回頭看向童延，問：「今天怎麼沒一身黑？」

「想勾引妳。」童延回答得特別自然。

「聽說過女孩子穿男生襯衫去勾引的，還是第一次見識男生穿女生衣服勾引的。」

「就問妳好不好看？」

許昕朵來來回回看了童延半天，拿出手機，站在童延的身邊和他合影自拍。童延難得這麼粉嫩的樣子，她必須合影留念。

兩個人的照相水準都很普通，相片全靠兩個人的顏值撐著，最後還是拍了兩張不錯的合照。

許昕朵拍完後傳給婁栩：『幫我修一下。』

婁栩：『看到相片的一瞬間鼻血像炮彈一樣的噴了出來。』

沒多久許昕朵就收到了修完的相片，還有幾個版本。

婁栩：『延哥這一身太嫩了，沒忍住，幫他加了個兔耳朵，竟然意外的配。』

許昕朵看著這張兔耳的合影很喜歡，覺得童延可愛到不行，立即點了儲存。

童延坐在她身邊，跟許昕朵要了相片。

童延拿到相片馬上上傳動態：『新年還挺快樂的。（圖片）。』

留言很快就來了。

魏嵐：『好粉嫩的延哥，好漂亮的朵爺，朵爺短髮很不錯呀。』

蘇威：『一起過年？』

尹嫿：『兩個女兒真可愛。』

許昕朵只是把圖片儲存，很快就出去繼續創作自己的曲子了。

童延坐在一旁幫許昕朵寫作業，時不時聽一下，接著走過去站在許昕朵的身後，伸出手來彈琴：「過度這裡可以改成這樣，不然太平了。」

童延彈奏起來，修長的手指在許昕朵的面前跳躍起舞，彈奏得格外好聽。

而她，則是被童延籠罩在懷裡，童延說話的聲音就在她的頭頂，說話的時候還在吹著她的髮絲。

「挺好的。」許昕朵在童延建議後說道。

「妳試試看。」童延退開後示意。

許昕朵再次彈奏，童延聽完一陣錯愕：「妳彈錯鍵了。」

「哦，我沒記住。」她其實能記住，只是剛才那一瞬間分心了。

童延拿來樂譜在上面寫起來，兩個人的字體完全一樣，就算在同一張紙上寫字，都看不出有什麼差別，寫出來的樂譜也是如此。

許昕朵看著譜，把自己創作的部分連貫地彈了出來。

童延在一旁聽著品了一陣子，接著點頭：「感覺還可以，挺歡樂的。」

童延立即來了興趣說道：「可以啊小太陽，妳以後不做模特兒了，也可以考慮去作曲，突然發現妳還挺有天賦的。」

「嗯，實在不行，我做不了作曲，還可以做個保鏢。」

「我僱用妳當我的保鏢，定期發薪水給妳。」

「做你的保鏢？我需要保護你什麼啊？」

「實不相瞞，我怕黑，尤其害怕被窩只有一個人，睡覺的時候要有人保護我。」

聽到童延的騷話，許昕朵直接瞪了童延一眼，然而眼神軟綿綿的，沒有任何殺傷力。

最近童延越來越肆無忌憚了，仗著她寵著他。

她凶巴巴地威脅道：「我覺得我保護之後，你會連睡覺都害怕！」

「原來妳這麼厲害啊？我之前還擔心呢……」

「擔心什麼？」

「我擔心妳和我在一起以後，看到床就害怕。」

「……」

許昕朵白了童延一眼乾脆不理他了，讓他獨自騷去，繼續彈鋼琴研究曲子。

鋼琴特別能夠體現一個人的情緒，聲音是情緒的載體，一個人的積極與開心，憤怒、慷慨激昂全部能體現出來。

懂琴的人都能夠聽出彈琴人的情緒，最有默契的恐怕就是四手聯彈的搭檔了吧。

童延聽著許昕朵彈琴，嚇得連退三步，吞咽一口唾沫。

想了想後求生欲冒上來了，在客廳裡到處找零食，接著開了一顆糖餵到許昕朵嘴裡。

許昕朵吃了一下子，嘟囔：「我不喜歡這個口味的，我喜歡草莓的。」

童延剛開了一顆草莓的自己吃了，再看袋子裡，最後一顆草莓的被他吃掉了。

遲疑片刻之後童延到許昕朵的身邊，俯下身，扶著她的後腦勺不讓她逃開，接著將自己嘴裡的草莓糖果讓給許昕朵，他則是勾走了許昕朵嘴裡的。

換了糖之後，童延嘟囔：「柳丁的也好吃啊。」

被親吻換糖的時候許昕朵忘記彈琴，手指停頓了片刻後回答：「到糖心的時候，柳丁的酸，是很刺激的那種酸，我不喜歡。」

「哦……」童延回答完重新坐回桌子前，拿起筆來繼續寫作業。

許昕朵飛快地看了童延一眼，控制住亂了的呼吸，接著繼續彈琴。

許昕朵又研究一陣子曲子，中間休息的時候扭頭看童延。

童延懶洋洋地坐在桌子前，因為腿長，坐下之後將腿伸得老長，一隻腳上穿著拖鞋，另外一隻腳的拖鞋被他踢出去老遠。他沒穿襪子，白皙的腳丫子晃來晃去，又細又長。

再看這個少年，明明是那種一看就不好招惹的男生，卻認認真真地寫著作業。

抄寫古詩詞，一筆一劃，寫得格外認真。

許昕朵突然想到什麼，走到自己的房間裡取出東西，接著蹲在童延身前。

童延俯下身來看，看到許昕朵拿出一瓶紅色的指甲油，接著用一個筆一樣的東西蘸了蘸，在童延的腳指大拇指指甲上塗了一個愛心的圖案。

童延看著也不阻攔，反而伸出另外一隻腳：「這個幫我寫個朵字。」

許昕朵寫了，一個腳趾上是朵字，一個腳趾上是愛心。

童延動了動腳指頭，看著忍不住笑起來：「我喜歡。」

「嗯，我發現了，你真的是童小公主。」

「我是妳老公。」

「你閉嘴。」許昕朵將指甲油擰好後警告童延，「出去之後你收斂點，如果被人誤會什麼讓我違約了，我們就完蛋了！一起滅亡吧！」

邏輯鬼才童延立即抓住重點，問：「所以在家裡可以隨意是嗎？」

「才不是！」許昕朵回答完扭頭走了。

童延笑著繼續寫作業。

他算是摸清楚了，許昕朵喜歡他，只要他做得不過分，只要不被其他人發現，許昕朵都拒絕不了。

♫

《時尚黎黎雅》的元宵節加刊在元宵節前一天就可以預訂了。粉絲的力量就是他們偶像上封面的雜誌，必須買它！買爆它！

就算這個封面只有五分之一是陸錦佑，五分之一是小花，但是他們的位置都非常的居中，其他的人可以定義為陪襯。

所以，這一期的雜誌賣得非常好。

《時尚黎黎雅》的社群上放了這一期的圖片，他們知道粉絲喜歡什麼，所以放的圖片都是這兩位為主，或者乾脆是他們單人的。

陸錦佑三張單人照，小花三張單人照，兩人單獨合照一張。

有許昕朵的相片有三張，其中有一張是坐在鋼琴前的側臉，毫不起眼。

好在另外兩張有五個人並排站在一起上半身的相片，算是正臉。

還有一張是全身的，她站在最旁邊，也照得不錯。不過這張全身的隱藏在「十」裡，超過九張的部分經常會被習慣九圖的網友忽略。

社群上的熱門留言都被陸錦佑和小花的粉絲控評了，偶爾有幫另兩位模特兒打CALL的。

許昕朵的人氣最低，甚至沒有人知道她的名字。

然而張哥是個人才，他不在最熱評論裡找，努力去翻最新評論，接著幫許昕朵截圖傳訊息給她。

愛依薇娜：『蝴蝶結髮夾的小姐姐好漂亮！第一眼被陸錦佑吸引，結果看到小姐姐後目光就移不開了。』

萊拉：『最旁邊的女孩叫什麼？』

光暗：『那個蝴蝶什麼鬼？想買……』

周姝：『蝴蝶結有網址嗎？是帽子嗎？』

娜涼醬：『求蝴蝶結網址的姐妹冷靜一下，我覺得這個蝴蝶結挑臉，只有這種巴掌大的臉才能挑戰吧？』

殺死一隻知更鳥：『那個蝴蝶結姐姐有一種「在座的各位都是辣雞」的藐視氣質。』

放羊少女：『介紹一下，這個小姐姐是@許昕朵，我的寶藏女孩，一見鍾情愛上她。』

迷離：『許昕朵一看就是很有野心的女生，是那種「我要做你爸爸」的野心。』

許昕朵對於這些留言不太感冒，隨便看了幾眼就沒再理會了。

身為一個陪襯，她的覺悟很高，沒有過多的期待。

雜誌最終售罄，又緊急加印，許昕朵知道的只有這些。

讓許昕朵沒想到的是，事情在她即將開學的時候發酵了，她當時已經重新工作了。

再後來，出現幾個衍生貼文。

首先是一個人上傳一篇貼文，圖片上是打了碼的女孩子的臉，頭上都戴著帽子一樣大的蝴蝶結，附上文字詢問道：『這是什麼新的風潮嗎？怎麼總是看到這種蝴蝶結？』

留言裡也是褒貶不一，有人說非主流時代又回來了，有人說確實很可愛，土到極致就是萌。

接著有人在留言裡貼了一張圖，是許昕朵在雜誌內頁裡比較清晰的圖片，回答道：『可能是被這個模特兒影響了吧。』

這個留言的單層回覆裡，終於開始有人誇獎了，說看到模特兒戴，瞬間覺得順眼了很多，都不覺得這個蝴蝶結髮夾有什麼奇怪的了。

緊接著就有了另外的貼文：『模特兒戴網紅飾品 VS 我戴網紅飾品。』

附上的圖片是許昕朵清晰的單人大圖，和貼文主自己佩戴的效果。

這則貼文還被分享、留言、點讚成了熱門。

許昕朵又一次以莫名其妙的方式……紅了一次。

對此，張哥非常興奮，傳訊息給許昕朵：『這就是帶貨能力！妳的那個髮夾成了網紅款了。現在跟風的人很多，妳的粉絲也跟著水漲船高了。』

許昕朵：『加薪水嗎？』

張哥：『其實雜誌主推的是你們的服裝，裝飾品是隨手搭的，結果裝飾品火了……應該不會幫妳加薪水。不過，妳之後的邀約會多起來，身價也會漲。』

許昕朵：『嗯嗯，這就好。』

張哥被許昕朵的淡定打敗了，本來興奮至極，此時也冷靜下來。

他們公司的模特兒部門不行，行銷團隊自然也不太行，他想了想後決定去藝人部門那邊學習學習，看看許昕朵這波熱度該怎麼利用，再討論一下許昕朵之後的職業規劃。

許昕朵一向不太關心網路上的評論，她自己的社群帳號都很少登錄。

那邊童延卻看著抹黑許昕朵的通稿氣得肺都要炸了。

這個通稿裡先是說許昕朵沒有職業素養，拍攝過程中全程拖後腿，靠關係拍攝雜誌的痕跡明顯。拍攝時，甚至還試圖跟陸錦佑拉近關係，被陸錦佑無情地避而遠之，惹得工作組裡不少人笑話。

接著對許昕朵帶名錶這件事情嘲諷了一番，還給許昕朵取了一個非常噁心的外號：錶妹。

童延聯繫了尹嫿的經紀人，想要查一查這個黑許昕朵的通稿是誰發的，順便把這些東西撤掉。

他最擔心的其實是喬念那邊的人，生怕這傢伙因為他們家的事情，遷怒到許昕朵身上。

尹嫿的經紀人在圈裡混跡多年，人脈關係廣，公關能力自然也做得不錯。

他經手之後就把這些通稿撤掉大半，留下一些沒有什麼點擊率的，之後擬定一份律師函警告一波，又能刪掉一些。

調查之後，經紀人告訴童延，不是喬念動的手腳，是一個叫 Evalyn 的模特兒搞得事情。Evalyn 本來期待的雜誌封面，在之後沒有給她帶來任何實際效果，那邊隨便來的一個新人，居然還搶了她的風頭。

她聽說男模都有人邀約了，她這邊卻沒有。

之前，他們公司就在談她和黎黎雅雜誌簽約的事情，讓 Evalyn 成為雜誌的簽約模特兒，長期合作。結果就在前兩天，她聽說候選人裡多了許昕朵。

Evalyn 再也忍不住了，打算發一波通稿黑許昕朵，許昕朵的名聲臭了，她競爭上去的可能性更大。

童延知道這件事後，拿出雜誌看那個 Evalyn 是誰，看完直咧嘴。

這個女的兩眼之間的間距簡直可以在鼻樑的位置再放一張嘴。在那裡吃飯，都不耽誤她眨眼睛。

他想了想後，打電話給管家，說道：「你幫我問問那個尚空模特兒公司賣不賣。」

管家問得非常客氣：『如果賣的話，您打算如何跟童總說？』

「哦……你就跟我爸說，我閒得沒事幹，想買個公司玩玩。」

『好的。』

——《靈魂決定我愛你》03 完——

高寶書版集團
gobooks.com.tw

YH 084
靈魂決定我愛你（03）
作　　者　墨西柯
責任編輯　吳培禎
封面設計　茵萊登曼特
內頁排版　賴姵均
企　　劃　鐘惠鈞

發 行 人　朱凱蕾
出　　版　英屬維京群島商高寶國際有限公司台灣分公司
　　　　　Global Group Holdings, Ltd.
地　　址　台北市內湖區洲子街88號3樓
網　　址　gobooks.com.tw
電　　話　(02) 27992788
電　　郵　readers@gobooks.com.tw（讀者服務部）
傳　　真　出版部(02) 27990909　行銷部 (02) 27993088
郵政劃撥　19394552
戶　　名　英屬維京群島商高寶國際有限公司台灣分公司
發　　行　英屬維京群島商高寶國際有限公司台灣分公司
初　　版　2022年 5 月

本著作物網路原名《真千金懶得理你》，作者：墨西柯，由北京晉江原創網絡科技有限公司授權出版。

國家圖書館出版品預行編目(CIP)資料

靈魂決定我愛你/墨西柯著. -- 初版. -- 臺北市：英屬維京群島商高寶國際有限公司臺灣分公司, 2022.05
冊； 公分. --

ISBN 978-986-506-406-8(第1冊：平裝). --
ISBN 978-986-506-407-5(第2冊：平裝). --
ISBN 978-986-506-416-7(第3冊：平裝). --
ISBN 978-986-506-417-4(第4冊：平裝)

857.7　　111005568